【 名 家 诗 歌 典 藏 】

里尔克诗精选

[奥] 里尔克 著

绿原 译

长江出版传媒　长江文艺出版社

图书在版编目（CIP）数据

里尔克诗精选 /(奥)里尔克著；绿原译. -- 武汉：
长江文艺出版社，2022.4
（名家诗歌典藏）
ISBN 978-7-5702-2441-8

Ⅰ.①里… Ⅱ.①里… ②绿… Ⅲ.①诗集－奥地利
－现代 Ⅳ.①I521.25

中国版本图书馆 CIP 数据核字(2021)第 221320 号

里尔克诗精选
LI'ERKE SHI JINGXUAN

| 责任编辑：陈欣然　向欣立 | 责任校对：毛　娟 |
| 封面设计：颜森设计 | 责任印制：邱　莉　王光兴 |

出版：长江出版传媒　长江文艺出版社
地址：武汉市雄楚大街 268 号　　　邮编：430070
发行：长江文艺出版社
http://www.cjlap.com
印刷：湖北新华印务有限公司

开本：880 毫米×1230 毫米　　1/32　　印张：6.5　插页：8 页
版次：2022 年 4 月第 1 版　　　2022 年 4 月第 1 次印刷
行数：3931 行

定价：38.00 元

| 目　录 |

在古老的房屋①

在古老的房屋，面前空旷无阻，
我看见整个布拉格又宽又圆；
下面低沉走过黄昏的时间
以轻得听不见的脚步。

城市仿佛在玻璃后面溶化。
只有高处，如一位戴盔的伟丈夫，
在我面前朗然耸立长满铜绿
的钟楼拱顶，那是圣尼古拉②。

这儿那儿开始眨着一盏灯
远远照进城市喧嚣的沉郁。——
我觉得，在这古老的房屋
正发出了一声"阿门"。

（约 1895 年晚秋，布拉格）

---

① 这是作者早年诗集《宅神祭品》（1895 年出版）的第一首，由此打开了
古老布拉格的环境画。这时诗人二十岁。《宅神祭品》的题目象征着作品对人与
故乡的眷恋，这一时期作品的诗风比较芜杂，受流行诗风影响，尚未显示出个人
独创性。
② "圣尼古拉"是布拉格老城的巴洛克教堂。

十一月的日子①

寒冷的秋季能使白昼窒息，
使它的千种欢声笑语沉寂；
教堂塔楼高处丧钟如此怪异
竟在十一月的雾里啜泣。

在潮湿的屋顶懒洋洋
躺着白色雾光；暴风雨用冷手
从烟囱的四壁里抓走
挽歌的结尾八行。

（约 1895 年晚秋，布拉格）

---

① 选自《宅神祭品》。

春 天①

鸟儿在欢呼——为光所催唤——，
音响填充着蓝色的远方；
皇家公园的旧网球场
已被鲜花全部铺满。

太阳倒十分乐观
用大字母写在小草间。
只是那儿在枯叶下面
还有个阿波罗石像在悲叹。

来了一阵微风，舞姿翩翩
扫开了黄色的蔓草，
给他灿烂的额头戴上了
发蓝的紫丁香花冠。

（约 1895 年晚秋，布拉格）

---

① 选自《宅神祭品》。

尽管如此①

多少次从墙上的书橱
我取下了我的叔本华②，
他把人生这样称法：
一个"令人悲伤的监狱"。

他说得对，我可什么
也没丧失；在寂寞铁窗里面
我拨动了我的心灵之弦，
幸运得像从前的达利波③。

(约 1895 年晚秋，布拉格)

---

① 选自《宅神祭品》。

② 叔本华（1788—1860），德国悲观主义哲学家，对德国文学影响颇大。一八九二年秋天，里尔克从其父处收到一部叔本华的著作。人生如监狱的说法，是否出自叔本华似不可考，但形象地反映了叔本华认为人生即烦恼的思想内核。本篇所表现的诗与痛苦经验的关系对于理解里尔克的发展十分重要。

③ 达利波·封·科卓耶特生于波希米亚国王弗拉迪斯拉夫二世（1471—1516）治下。这位怀有自由思想的骑士曾经把自由送给他的农民，支持农民起义，于是被捕，并作为第一个囚犯被关进了布拉格堡一座新建高塔的地窖，该塔后即被称为"达利波塔"。1498 年他的财产被没收，本人受拷刑，最后被处决。这个题材曾经为许多诗人所采用，并由捷克音乐家贝德里希·斯美塔那创作过歌剧（1868）。里尔克使用这个题材，一方面立足于波希米亚传统，另一方面也可能是用它充作自己亲身境遇的密码。

民　谣①

波希米亚②的民谣
多么令我感动，
它悄悄钻进了心头，
叫人感到沉重。

一个孩子为土豆拔草
一面拔一面轻轻唱，
到了深夜的梦里
他的歌还在为你响。

你可能出了远门
离开了国境，
多少年后它还一再
回响到你的心。

（约 1895 年晚秋，布拉格）

---

① 选自《宅神祭品》。
② 波希米亚，今捷克共和国西部地区，离诗人的故里布拉格不远。这是他的早期诗作中被引用次数最多的一首。

中波希米亚风景①

汹涌森林的荫翳边缘
影影绰绰到很远很远。
接着这儿那儿蓦地
有一株树打断
浓密麦田的淡黄色平面。
在最亮的光线里
马铃薯发了芽；附近
是一片大麦，直到针叶林
圈住了图像。
高出幼林之上，红里带着金黄，
一个教堂钟楼的十字架闪着光，
护林人的小屋耸出了云杉；——
其上
笼罩着一片晴空，瓦蓝瓦蓝。

（1894 年 7 月，波希米亚劳钦地区）

---

① 选自《宅神祭品》。与以上仅以布拉格为装饰性布景的城市诗迥然不同，
这是作者早期诗作中最富于具象的一首诗。

故乡之歌①

田野里响起诚挚的旋律；
不知道，我心中发生了什么……
"来吧，捷克的姑娘，
给我唱支故乡的歌。"——

姑娘把镰刀放下来，
又是嗬来又是哈——②
便坐在了田埂上
唱起"哪儿是我家"③……

现在她沉默了，眼睛
朝着我，双泪交流，——
拿着我的铜十字币④
无言地吻着我的手。

(约 1894 年，布拉格)

---

① 选自《宅神祭品》。
② 周围的起哄声。
③ 指捷克国歌《哪儿是我家》。
④ 1300 年至 1900 年流通于德、奥、匈等国的一种辅币。

我羡慕那些云^①

我羡慕那些云，
敢在高空飘荡！
它们把黑色的阴影
投在阳光照耀的荒原上。

它们大胆到能够
使太阳变得阴暗，
这时渴求光明的地球
在它们的翅翼下面抱怨。

太阳的金光如潮涌，
我也想把它拦起！
哪怕只拦几分钟！
云啊，我多羡慕你！

（1894 年 5 月，布拉格）

---

① 选自《梦中加冕》（1897 年出版）。如果说《宅神祭品》还可见与现实世界的联系，《梦中加冕》则充满新浪漫主义的气质。

像一朵硕大的紫茉莉①

像一朵硕大的紫茉莉世界
炫耀着香气，在它的花苞上，
一只蝴蝶之蓝翼发着柔光，
悬挂着五月之夜。

什么动也不动；只有银色触须在闪亮……
然后它的翅膀，颜色早已褪完，
把它背向了早晨，那时从火红的紫苑
它饮着死亡……

(1896 年 4 月 14 日，布拉格)

---

① 选自《梦中加冕》。

在春天或者在梦里①

在春天或者在梦里
我曾经遇见过你，
而今我们一起走过秋日，
你按着我的手哭泣。

你是哭急逝的云彩
还是血红的花瓣？都未必。
我觉得：你曾经是幸福的
在春天或者在梦里……

(1896 年 4 月 9 日，布拉格)

---

① 选自《梦中加冕》。

很久，——很久了……①

很久，——很久了……
什么时候——我可不知怎么说……
一口钟在响，一只云雀在鸣叫
一颗心如此幸福地跳过。
在幼林斜坡上天空如此闪耀，
紫丁香开放了花朵，——
一个少女穿着节日盛装，苗苗条条，
令人惊讶的难题在眼里婆娑……
很久，——很久了……

(1896 年 5 月 15 日，布拉格)

---

① 选自《梦中加冕》。

在平地上有一次等候[①]

在平地上有一次等候，
等候一位决不会来的来宾；
不安的花园再一次探究，
它的微笑随即缓缓漾平。

到处是多余的泥泞，
林荫道近黄昏已经贫困，
苹果在枝头让人忧闷，
而每阵风都使它们伤心。[②]

(1897 年 11 月 24 日，柏林—威尔默斯多夫)

---

① 选自《为我庆祝》（1909 年出版）。本集以我、物、神和词（语言）的
综合体为主题，标志着作者独创性诗歌活动的开始。
② 据研究，这首诗表现了内在世界和外在世界（象征和存在）的融合。

那时我是个孩子……①

那时我是个孩子梦见了很多
可还没有享受过青春；
一天有个人演奏弦乐
唱着走过我家院门。
我不安地冲外张望：
"哦妈妈，放我出门看看……"
　　　他的声音最初一响，
　　　就把我的心撕成两半。

他还没唱我就明白：
唱的将是我的生活。
别唱，别唱，你异乡客：
唱的将是我的生活。

你唱我的幸福和我的烦恼，
你唱我的歌，接着：
唱我的命运未免太早，

---

① 选自《为我庆祝》。

我会长得越来越高，——
再不能过这样的生活。

他唱着，渐渐消失了脚步，——
他还得继续边走边唱；
唱我受不了的痛苦，
唱我抓不住的幸福，
还要带我走，带我走——
没人知道走向何方……

（1898 年 5 月 19 日，维亚雷焦）

入　口①

不论你是谁：入晚请跨出

你的斗室，其间一切你无不领会；

你的房屋位于远方的起讫处：

不论你是谁。

你的眼睛困倦得几乎

摆不脱那破损的门槛，

你却用它们慢慢抬起一株黑树②，

把它朝天摆着，瘦削而孤单。

而且造出了世界。世界何其壮丽，

像恰巧成熟于沉默的一句话。

而且一当你想去抓住它的意义，

你的眼睛便温柔地离开了它……

　　　　　　　　　（1900 年 2 月 24 日，柏林—施马尔根多夫）

---

　　①　选自《图像集》（1902 年出版）。从主题方面来说，除了早年的"青年风格"遗留（如对青春的颂扬，生活欲望的觉醒）之外，这一阶段的作品，更有对颓废精神的神化（如对疯狂、没落、美的崇拜），为摆脱熟悉的市侩关系的艺术家生活所作的辩护，以及所谓"客观表达"（sachliches Sagen）的美学思想的制定。

　　②　"树"是诗歌独创性的象征。参阅《致俄耳甫斯十四行》第一首。

Pont du Carrousel[①]

桥头那盲人风尘仆仆
一如无名帝国的界石，
他也许就是恒星小时
从远方围着转的一成不变物，
那寂静中心的星座。
因为一切围着它漂泊，奔波而闪烁。

他是岿然不动的正义，
被置于错综复杂的街头；
是通向下界的幽暗的进口
竟和肤浅的一代在一起。

（写作日期不明：或系 1902—1903 年，巴黎）

---

① 选自《图像集》。"骑战桥"，巴黎地名，位于卢浮宫与旧宫之间，中世
纪骑士比剑枪刺之地。本篇是作者早期"物诗"之一。桥头盲丐是作者笔下一再
出现的悲惨人物。与罗丹人物身上被赞美的运动有别，里尔克首先歌颂站立的人。
关于人性所包含的孤立状态及其对宇宙的关系，里尔克在他的《罗丹传》中有相
关阐述。

最后一个①

我没有祖宅，

什么也没有丧失；

我的母亲把我

生到世界上来。

我现在站在世界上又走进

世界去越走越深，

有我的幸运有我的痛苦

独自有着种种切切。

还是好些人的继承人。

我的家族繁衍着三枝

在林中七座华第里，

已经厌倦了它的纹章，

而且已经太老了；——

他们留给我的和我为古老财产

所赢得的，已无归宿可言。

在我手中，在我怀里

---

① 选自《图像集》。本篇写成后二日，作者在日记中留下关于罗丹的一段话，其中又说到寂寞是艺术品的特征之一。相信自己是一个古老贵族最后一名负有艺术使命的后裔，经常反映在里尔克的自我写照的作品中。

我得抓住它，直到我死。
因为我扔进
这世界的一切，
都堕落了
如同放在
一个浪尖上。

（1900 年 11 月 15 日，柏林—施马尔根多夫）

秋　日①

主啊，是时候了。夏日何其壮观。
把你的影子投向日规吧，
再让风吹向郊原。

命令最后的果实饱满圆熟；
再给它们偏南的日照两场，
催促它们向尽善尽美成长，
并把最后的甜蜜酿进浓酒。

谁现在没有房屋，再也建造不成。
谁现在单身一人，将长久孤苦伶仃，
将醒着，读着，写着长信
将在林荫小道上心神不定
徘徊不已，眼见落叶飘零。②

（1902 年 9 月 21 日，巴黎）

---

① 选自《图像集》。
② 这一节描写了里尔克在巴黎的最初时日的精神状态。

在夜的边缘①

我的斗室和醒于
入夜大地之上的
这片广阔地带
是二而一的。我是一根弦，
绷在嗡嗡作响的
宽广的共振之上。

万物是提琴的躯干，
充满咕咕哝哝的黑暗；
里面有女人的哭泣入梦
里面有整个家族的恼怒
动弹在睡眠中……
我会像
银铃似的战栗：然后一切
将在我下面震颤，
而迷途于万物者
将追求光源，

---

① 选自《图像集》。

它从我的舞蹈的音响

（天空为之沸腾）

通过狭窄的憔悴的缝隙

坠入无边的

古老的

深渊……

（1900 年 1 月 12 日，柏林—施马尔根多夫）

预　感①

我像一面旗帜为远方所包围。

我感到吹来的风，而且必须承受它，

当时下界万物尚一无动弹：

门仍悄然关着，烟囱里一片寂静；

窗户没有震颤，尘土躺在地面。

我却知道了风暴，并像大海一样激荡。

我招展自身又坠入自身

并挣脱自身孑然孤立

于巨大的风暴之中。

（写作日期不明：1902—1906；或系 1904 年秋，瑞典）

---

① 选自《图像集》。本篇所表现的预感和期待的心情，将反复见于诗人日后的作品中。

严肃的时刻①

而今谁在世上什么地方哭泣，
在世上无缘无故地哭泣，
他就是哭我。

而今谁在夜间什么地方发笑，
在夜间无缘无故地发笑，
他就是笑我。

而今谁在世上什么地方走着，
在世上无缘无故地走着，
他就走向我。

而今谁在世上什么地方死去，
在世上无缘无故地死去，
他就看见了我。

（1900 年 10 月中旬，柏林—施马尔根多夫）

---

① 选自《图像集》。

读书人 ①

我已读了很久。自从今天下午，
雨幕淅沥，隔着窗户。
我再听不见外面的风声：
我的书本变得很沉。
我瞅着它的页子如瞅着脸面，
它们由于沉思变得暗淡，
我想阅读有很多时间。——
突然书页被光亮照遍，
不再是烦人字迹模糊一片
而是：黄昏，黄昏……在上面处处耀眼；
我还没有望出去，长长的字行
竟然撕碎，单词从它们的捻线
滚向前去，滚到它们想去的地点……
我知道那儿：盈满而灿烂
的花园上面是广阔的天；
太阳应当再出来一遍。——
现在是夏夜，望得见很远很远：

① 选自《图像集》。

名家诗歌典藏

稀稀落落的很少结队成群，

漫长的路上模糊走着人们，

颇不寻常，仿佛包含更多意蕴，

人们听见刚才发生的几件事情。

我现在把眼睛从书本抬起，

什么都将不令人惊讶，一切都将伟大。

外面那里正是我在屋内之所经历，

这里和那里都是一望无涯；

只是我将更多与之交织在一处，

如果我的目光注意到那些事物，

注意到物质的诚挚的朴素，——

因为大地从自身成长开去。

它似乎包括了整个天宇：

最初一颗星就像最后一座房屋。

（1901 年 9 月间，韦斯特瓦尔德）

我生活在……①

我生活在不断扩大的环形轨道，
它们在万物之上延伸。
最后一圈我或许完成不了，
我却努力要把它完成。

我围着天神，围着古老钟楼转动，
转动了一千年之久；
还不知道我是一只鹰隼一阵狂风
或是一支宏大的歌曲。②

（1899 年 9 月 20 日，柏林—施马尔根多夫）

---

① 选自《定时祈祷文》（1905 年出版）中《关于僧侣的生活》部分。《定时祈祷文》是里尔克最著名的抒情诗集，共分三个部分：关于僧侣的生活、关于参诣圣地、关于贫穷与死亡。诗集中，作者虚构了一个谪居斗室的僧侣以诗作为"祈祷"，内容铭刻了这一时期各种不同的感情经历。
② 这首诗从宗教角度看具有纲领性的意义，说明了作者作为祈祷者的立场。

你的第一句话是：光①

你的第一句话是：光！
有的是时间。于是你久久沉默。
你的第二句话变成人而且惴惴不安
（我们仍因你的音调而阴郁），
你的容颜重新思索起来。
可我不要你的第三句。

我夜间经常祈祷：愿做哑者，
不断在手势中成长
又在梦中为精灵所驱逐，
好在额头和山脉上书写
缄默之沉重的全部。

愿你是个庇护所，使人免受
将无以言状者摈斥的愤怒。
漫漫长夜在天堂：

---

① 选自《定时祈祷文》中《关于僧侣的生活》部分。

愿你是拿号角的牧人，

只须说，他已经吹响。①

（1899 年 10 月 1 日，柏林—施马尔根多夫）

以我的血液背负你①

熄掉我的眼睛：我能看见你，

堵住我的耳朵：我能听见你，

没有脚我能走向你，

没有嘴我还能恳求你。

折断我的胳臂，我将

以心代手拥抱你。

堵住我的心，我的脑还会跳动不已，

你若在我脑中放火，

我将以我的血液背负你。②

---

① 选自《定时祈祷文》中《关于参诣圣地》部分。

② 写作日期有争议。据露·安德烈亚斯—莎乐美回忆，写于1897年夏季；又据云，原是写给她的，后经她建议，才收入《定时祈祷文》第二部分中。但是，有的研究家认为，可能写于1905年12月；而且有可能作者在《定时祈祷文》的造物主身上，看见他所钟爱的女性的身影。

你是未来①

你是未来，是伟大的曙光
照在永恒的平面上。
你是时间黑夜后面的鸡啼，
是露水，晨祷和少女，
是陌生人，母亲和死亡。

你是变化着的形体，
永远寂寞地耸立于命运，
从无人喝彩，从无人惋惜，
从无人描绘，如一座荒林。

你是万物的深沉的典型，
将其本质的定论隐瞒不提，
永远向别人显得不一样：
如海岸之于船，如船之于陆地。

（1901 年 9 月 20 日，韦斯特瓦尔德）

---

① 选自《定时祈祷文》中《关于参诣圣地》部分。

他们不是穷①

他们不是穷。他们只是不富，

没有意愿，没有人间；

被画上了最后忧虑的标志，

到处脱得精光，实在难看。

他们身上沾满城市的尘垢，

身上还挂满所有垃圾。

他们声名狼藉如同叶被，

如同被扔的碎片如同骷髅，

如同年份过完的日历，——

但当你的土地有了危难：

他们便把它和玫瑰项链串在一起

并戴着它作为护身符。

因为他们比清洁的石头还清洁

而且像刚出生的盲兽，

十分朴素而且永远为你所有，

---

① 选自《定时祈祷文》中《关于贫穷与死亡》部分。

什么也不需要，只需要一桩：

能如此贫穷像他们实际上那样。①

（1903 年 4 月 17 日，维亚雷焦）

---

① 本篇原来还有一节。这一节后被作者删去，只有一行被保留下来，独立成篇。

豹①

(巴黎植物园)

他的视力因栅条晃来晃去
而困乏，什么再也留不住。
世界在他似只栅条一千根
一千根栅条后面世界化为无。

威武步伐之轻柔的移行
在转着最小的圆圈，
有如一场力之舞围绕着中心
其间僵立着一个宏伟的意愿。

只是有时眼帘会无声
掀起——。于是一个图像映进来，

---

① 选自《新诗集》(1907年出版)。本篇是《新诗集》中最早的也是最著名的一篇，是作者在艺术大师罗丹的启发下，到巴黎植物园冷静观察许久才写出来的。从此他力图摒弃早年创作中的感伤性和主观性，自觉地培养一种转向现实的、绝对客观的、视创作为"劳动"的表现风格，随之并产生了所谓"物诗"（Dinggedicht），即以造型艺术为榜样，仅以感性的具体事物为主题，而不让主观情绪流入艺术品这一种诗体的概念和目标。

穿过肢体之紧张的寂静——

到达心中即不复存在。

（1902—1903 年，或 1902 年 11 月 5—6 日，巴黎）

早年阿波罗①

正如已然春意荡漾的一缕晨光
多次穿过尚未长叶的枝杈：
他的头颅里没有什么可以阻挡
所有诗歌的光华

几乎置吾人于死亡；
因为他的顾盼中没有阴影，
他的颞颥对于月桂未免太凉，
只到后来才从那眉棱

耸起茎干高大的玫瑰园，
从中有个别叶片飘零
飘到了战栗的嘴边，

现在仍很宁静，未试锋芒，目光闪烁，

只以微笑饮下一点什么，

全身仿佛灌注了他的歌声。

（1906 年 7 月 11 日，巴黎）

女士们向诗人们唱的歌①

瞧，万物怎样显露自己：我们亦然；
因为我们就只有这样的福气。
一个动物身上所有的血和黑暗，
在我们身上生根成为灵魂并比

灵魂走得更远。而且跟着你走。
你当然只是把它挂在脸颊，
仿佛它是风景：温柔而不贪求。
因此我们认为，你不是它

跟着走的那人。你真不是我们
为之彻底沉醉的那人吗？
难道我们多情于任何一个人？

"无限"跟着我们一起走开。
但愿你存在，你是喉舌，我们听见它，
但愿你，正给我们说话的人：愿你留下来。

（1907 年 3 月中旬，卡普里）

---

① 选自《新诗集》。本篇表现了唯美主义者对于爱情的漠不关心与无能为力。

天　鹅①

累赘于尚未完成的事物
如捆似绑地前行，此生涯之艰苦
有如天鹅之未迈出的步武。

而死去，即吾人每日所立
之地面不复容身，则仿佛
天鹅忐忑不安地栖息

于水中，水将他温存款待
水流逝得何等欢快
一波接一波，在他身下退却；
他这时无限宁静而稳健
益发成年益发庄严
益发谦和，从容向前游去。

（1905—1906 年冬，巴黎—默东）

---

① 选自《新诗集》。里尔克在 1905 年 9 月 20 日致克拉拉的信中谈到他和罗
丹的生活："黄昏时分……我们坐在他养小天鹅的有围栏的水池旁观赏它们。"但
是，"天鹅"在诗中只是一个象征，一个表现人的经验的工具。第一行"尚未完
成的事物"，即指艺术家尚未完成的作品；而未完成的作品据说比成品更为精确，
更为圆熟。第三节系以天鹅的游泛动作象征死亡。

诗　人[1]

你远离了我，你时间[2]。
你的翅翼拍击着我的伤口。
孤身一人：我的嘴巴与我何干？
还有我的夜？我的白昼？

我没有亲人，没有房屋，
没有居留的地点。[3]
我为之献身的一切事件
变富了，到处把我分布。

(1905—1906年冬，巴黎—默东)

---

① 选自《新诗集》。
② 指创作灵感来临的时刻。
③ 里尔克在给瑞典女友埃伦·凯的信中写过："我没有一座乡村风味的祖宅，在世上没有一个房间，放一两件旧物，开一扇窗。"参阅《最后一个》《秋日》。

离　别①

我曾经怎样感受过所谓的离别。
我还知道它是一个阴暗、残暴、
无敌的东西，它再次指明、递出并毁掉
原来连接得如此美好的一切。

我曾经毫无戒备地向它注目，
它呼唤我，让我走了，而它自己
却停留下来，仿佛是所有妇女
仍然娇小而白皙，不过如此：

不过是再不与我相干的一挥手，
轻轻再一挥手——，几乎再不
可以说明：也许是一株李树②，
一只杜鹃③匆匆从它飞走。

（1906 年初）

---

① 选自《新诗集》。
② 可能见于默东的果树林。
③ 可能从儿歌《杜鹃，杜鹃，对我说》，联想到死亡。因为在所有的离别后面，死亡是最后一次离别。

死亡的经验①

我们不知这场溘逝为何物，它
并没有同我们分开。我们没有理由
对死亡表示惊讶
和爱憎，可怪一个凄然悲诉

的假面嘴唇却使之变形。
世界仍然充满我们扮演的角色。
只要我们忧心忡忡，即使我们把人逗乐，
死亡也在扮演着，虽然它不令人称心。

但你一旦离去，这个舞台便有
一片真实穿过你所穿行
的那个空隙：真实碧色绿油油，
真实的阳光，真实的树林。

我们演下去。惶恐而艰难地背出

---

① 选自《新诗集》。本篇为纪念1906年1月24日逝世的路易丝·施威林伯爵夫人而作。作者于1905年与她相识，并从7月28日到9月9日在她的弗里德尔豪森城堡做客。

记住了的台词，还不时展开
一些手势；但远离我们而去、
摆脱我们剧本的你的存在

有时仍然侵袭我们，对那片真实
的一种意识似乎沉没下来，
于是我们片刻间如醉如痴
扮演生命而不想到喝彩。

（1907 年 1 月 24 日，卡普里）

佛①

异国畏缩的参拜者已从远方
感觉到，金光从他身上向下流淌；
好像富足者满心懊悔
把他们的隐秘堆成堆。

参拜者走近前来又因
佛眉的高扬而惘然：
因为这不是他们的酒具
也不是他们夫人的耳环。

可有人说得出，是什么
被熔合进去，才能
让这朵莲花

托住这尊塑像：比纯金的
更缄默、更素净，
显现了四周的空间与自身。

（1907 年 7 月 19 日，巴黎）

---

① 选自《新诗集》。可能取材于罗丹的一座佛像。

西班牙女舞蹈家①

像手里一根硫磺火柴，燃烧以前
白晃晃地，向四面八方伸出
闪动的舌头——：近观者围成圈，
她在圈内疾速、明亮而炽烈地震颤，
展开了她的圆舞。

突然间圆舞化为火焰。

她以目光点燃了她的发辫，
立刻以大胆的技艺
在这场大火中旋转全部外衣，
赤裸的手臂如惊蛇十分警悟
沙沙作响地从火中伸出。

然后：她似乎觉得火还不够，

---

① 选自《新诗集》。本篇的创作可能有两个动机：一，西班牙画家朱洛阿加于 1906 年 4 月 16 日为其子的诞辰举行庆祝会，并邀请里尔克参加，当时出席的还有一位名叫卡尔美拉的西班牙女舞蹈家。二，画家戈雅的一幅画《女芭蕾舞蹈家卡尔曼》于 1902 年在巴黎、1904 年在杜塞尔多夫和不来梅展出，里尔克显然也见过这幅画。

便把它全部集中起来，高傲地挥挥手
盛气凌人地把它扔到一旁
并且望着：它狂怒地躺在地上
仍在燃烧，不肯投降——。
但她胜利地自信地以甜蜜
的祝福的微笑抬起面庞
并用坚定的小脚把它踩熄。

（1906 年 6 月，巴黎）

俄耳甫斯·欧律狄刻·赫耳墨斯①

这是灵魂的奇异的矿山。
如同静静的银矿，他们作为矿脉
穿行于它的黑暗之中。在根与根之间
涌出了血液，流向了人寰，
在暗中看来沉重如斑岩，
此外并无红色。

那是岩石
与空洞的树林。架空的桥
与那巨大、灰暗、盲目的池塘，
悬挂在遥远的底层之上
宛若雨空笼罩一片风景。
而在草场之间，温柔而容忍，

① 选自《新诗集》。俄耳甫斯是古希腊神话中的奏乐家，其琴技之妙足以感动禽兽木石。其妻欧律狄刻死后，他曾下冥界请求冥王让他带她还阳。冥王在下列条件下答应了他的请求，即在还阳途中，他不能看她一眼。但他未能遵守这个条件，终于失去了她。本篇就是写的这段故事，不过省略了欧律狄刻的死和俄耳甫斯关于不回头的允诺，一开始就写他们从冥界上升的情节。赫耳墨斯是大神宙斯之子，诸神的信使，并主管商业、旅行、偷盗和畜牧，又是灵魂回归冥界的引导者。本篇的主题仍然是艺术家生活和爱的实现与爱的向往之间的紧张关系。

出现了一条道路的苍白条纹
仿佛铺下一长段漂白的布帛。

他们正沿着这条道路走来。

前面是穿蓝袍的瘦高个，
他沉默而不耐地朝前望着。
他的脚步大口吞噬着道路，
嚼也不嚼；双手沉重而紧握，
从下坠的衣褶里垂了下来，
再也意识不到那轻妙的竖琴，
那琴曾经牢固地长在左手上
有如玫瑰卷须长在橄榄枝上。
他的感官似乎分裂开来：
他的视觉如狗跑在他前面，
转过身，又跑回来，远远
站在下一个拐角等着，——
而听觉倒留在后面如一种嗅觉。
有时他觉得，仿佛嗅见了
另两个人的脚步，那必须一路
跟随他向上攀登的另两个人。
有时又只有他自己攀登的余响
及其衣袍的风声在他身后。
但他告诉自己，他们会来的；

大声说着，又听见话语渐次消失。
他们会来的，只不过是两个
走路轻巧得可怕的人。如果他
一旦转过身去（如果回顾不致于
使刚刚完成的整个工程
功亏一篑），他一定会看见那两个
沉默跟着他轻轻走路的人：看见

到处奔走传递遥远信息的神，
那明眸上面的旅行小帽，
那拿在身前的细长手杖，
那脚踝上扑闪着的翅膀；
他的左手伸给了：她

她如此被爱着，以致从竖琴
发出比陪哭妇①发出更多的悲伤，
以致从悲伤中产生一个世界，其中
重新出现了一切：树林和山谷，
道路和村落，田亩和河流和牲畜；
以致围着这个悲伤世界，恰如
围着另一个地球，运行着一个太阳
和一个布满星辰的寂寥的天空——：

---

① 古罗马丧仪中受雇陪伴嚎哭的妇女。

这个如此被爱着的女人。

但她牵着那位神的手走着，
脚步为长长的殓衣所绊，
心神不定，举止轻柔，却不急躁。
她心中仿佛拥有一个崇高的希望，
没有去想走在前面的那个男人
也没有去想上升到阳世的道路。
她在自身之中。她的物化状态
充满全身有如丰盈。
正如一枚果实富于甜蜜和黑暗，
她同样富于她的伟大的死亡，
死亡还很新，以致她一无所悟。

她已达到一个新的处女期而且
不可触摸；她的性别已经关闭
有如向晚的朝花，
她的双手如此不惯于
夫妇之道，以致连轻佻的神
为了引导她而不断微触
都使她觉得过分亲密而不安。

她已不再是多次悠扬于
诗人歌篇的那个金发女人，

不再是宽床上的香气和岛屿，
也不再是那个男人的财富。
她已被松散如长发，
被委弃如降雨，
被分布如百货。

她已变成了根。

突然间那神
止住了她，以痛苦的叫喊
说出了这句话：他回头了——
她却什么也不懂，轻声说道：谁呀？
但是，在明亮的出口前面，远得看不清楚，
站着一个什么人，他的面貌
不可辨认。他站着，看见
在狭长一条草径上
信使神带着悲哀的眼光
沉默转身，去追随那个形体，
她已经从这条路上往回走，
脚步为长长的殓衣所绊，
心神不定，举止轻柔，却不急躁。

（1904 年初，罗马，初稿；

1904 年秋，瑞典—央思雷德，定稿）

远古阿波罗裸躯残雕①

我们不认识他那闻所未闻的头颅，
其中眼珠如苹果渐趋成熟。但
他的躯干却辉煌灿烂
有如灯架高悬，他的目光微微内注，

矜持而有光焰。否则胸膛
的曲线不致使你目眩，而胯腰
的轻旋也不会有一丝微笑
漾向那传种接代的中央。

否则眼见肩膀脱位而断
这块巨石会显得又丑又短
而且不会像兽皮那样闪闪放光；

而且不会从它所有边缘

---

① 选自《新诗集续编》（1908年出版）。这段创作期间，诗人不仅受到罗丹的影响，也深受画家保罗·塞尚的影响。他在给妻子克拉拉的信中称在塞尚的画作中发现了一种全新的"客观性"。本篇因卢浮宫展出的一座米利提古城出土的无头无肢的裸躯残雕有感而作。参阅《早年阿波罗》。

像一颗星那样辉耀：因为没有一个地方
不在望着你。你必须把你的生活改变。

（1908 年初夏，巴黎）

被爱者之死①

他只知人尽皆知的死：
只知它拖走我们并投入缄默。
但当她，并未为它所劫持，
只是悄然从它的目光挣脱，

滑了过去滑进不可知的阴影，
再当他觉得，那些阴影至此
竟有她的少女微笑如明月一轮，
还有她与人为善的风姿：

这时他才认识了死者，
仿佛通过她而与每个
死者密切亲近；他让别人说着

却不相信，而将那境界称之

---

① 选自《新诗集续编》。关于第一句的"他"，有过种种猜测。或认为指俄耳甫斯，或阿德墨托斯。更有专家指出，本篇系源于浪漫派大诗人诺瓦利斯为其死去的恋人索菲·封·库恩所作的《夜之颂歌》。

为无限甘美的福地——。

并代替她的双足摸索开去。

（1907 年 8 月 22 日—9 月 5 日，巴黎）

盲　人 ①

（巴黎）

看哪，他走着干扰了
不在他的黑暗地点的城厢，
有如一道黑暗裂纹穿过一只明亮
的杯子。而事物的反照

画在他身上如画
在一片叶上；他并没有吸收进去。
只有他的感觉在动，仿佛它
以小小的波动把世界捉住：

一阵静，一阵反抗——，
然后他似乎期待着挑选谁：
他沉醉地抬手向上，
几乎是隆重地，仿佛举行婚配。

（1907 年 8 月 21 日，巴黎）

---

① 选自《新诗集续编》。

城市的夏夜①

整个黄昏在下面逐渐灰暗，
已是夜了，像柔和的布片
悬挂在灯笼的四方。
但更高处，突然模糊莫辨，
是一座后屋的简单
而空虚的防火墙孑然
耸立于照着满月、只有月亮
的一个夜晚的寒噤之中。

接着天上掠过了一片宽余
到很远很远，它完好无缺，受到珍重，
而方方面面的窗户
都变成白色，已经风去楼空。

（1908 或 1909 年，巴黎）

---

① 选自《新诗集续编》。

名 家 诗 歌 典 藏

海之歌①

（卡普里，皮科拉·马里纳）

远古的海的奔腾，

夜间的海风：

你吹到了无人之境；

人不寐，睡眼惺忪，

定知他怎生

将你克服：

远古的海的奔腾，

它在吹拂

只仿佛为了原岩，

纯粹的寰宇

从远方涌进来。

哦高空月光皑皑，

---

① 选自《新诗集续编》。皮科拉·马里纳，即那不勒斯湾入海口附近的小海滩。里尔克从 1906 年 12 月到 1907 年 5 月旅居卡普里，曾多次赞美这里的海陆风景。

蓬勃生长的无花果树

精神上与你同在。

（1907 年 1 月 26 日以前，卡普里）

钟情人①

这是我的窗。我刚刚
醒得如此温柔。
我想，我会飘荡。
我的生命伸向何方，
夜又从何处开头？

我可以说，在周围
我还是一切；
透明如一个水晶体
之深处，暗哑，转黑。

我还可能镶嵌星星
在我身上；如此巨大
一颗是我的心，它多高兴
重新释放他，

那人我也许开始爱慕，

① 选自《新诗集续编》。

也许开始挽留。
生疏得未经描述，
我的命运对我凝眸。

我被置放
在这个无限之下，
芳香如一片草场，
往复奋发，

同时呼唤又惴惴不安，
生怕有人注定灭亡
在另一个人身上，
只因他听见了那声呼唤。①

（1907 年 8 月 5—9 日，巴黎）

---

① 本篇反映了里尔克情诗的一个共同特征，即一面准备献身，一面又矜持
不前。

玫瑰花心①

对这个内部而言，哪儿是
一个外部？这样一块亚麻布
放在哪样的痛苦上面？
哪些天空反映在
这朵开放的玫瑰，
这朵逍遥的玫瑰
的内湖里，看哪：
那些天空怎样松弛地
躺在松弛里，仿佛决不能
由一只颤抖的手把它们埋掩。
它们几乎不能
自持；有许多可以
注得满满，从内部空间
漫溢出来，流进了
关闭得越来越满的
白昼，直到整个夏天变成
一个房间，一个梦里的房间。

（1907 年 8 月 12 日，巴黎）

---

① 选自《新诗集续编》。

火烈鸟①

（巴黎植物园）

在弗拉戈纳尔②的镜像里，

再见不着他们的红白羽衣，

除了向你呈现的一只，当他谈及

他的女友，说她正安谧

于睡眠。因为他们变成了碧绿

又轻轻旋动在蔷薇色的花梗上

站在一起，盛开着，如在一片苗床，

他们像夫赖尼③一样诱人而又

引诱自身；直到把眼睛的灰白

偎依着掩护在自己的腰侧

其中隐藏着黑色和果红。

---

① 选自《新诗集续编》。火烈鸟，又名红鹳，本篇与《豹》同为作者"物诗"中的名篇。

② 让·奥诺雷·弗拉戈纳尔（1732—1806），法国画家，早期画风轻佻艳丽，但在植物描绘方面显示出青春的艺术风格床。

③ 夫赖尼，现多译芙丽涅，公元四世纪雅典名妓，古希腊雕刻家普拉克西特列斯以她为模特创作了古希腊神话中爱与美的女神阿佛洛狄忒的雕像。

突然一声嫉妒的尖叫响彻大鸟房；
他们却惊讶地把肢体松了一松
便一个个迈步走进了想象。

（1907 年秋，巴黎；或 1908 年春，卡普里）

睡眠之歌①

一旦我把你失去，
你还能睡着吗，假如
不是我像菩提树冠
在你头上窃窃私语？

假如不是我在这儿醒着
把话语几乎像眼睑一样
盖在你的胸脯，你的四肢，
你的嘴巴之上？

假如不是我把你锁住
让你单和你的所有在一起，
恰似一座长着大量
薄荷和大茴香的园圃？

(1908 年初夏，巴黎)

---

① 选自《新诗集续编》。

孤独者①

不：我的心将变成一座城楼
我自己将在城楼的边缘停歇：
那里别无长物，仍是悲愁
与无言，仍是大千世界。

还有一件东西留在广漠空间，
变暗下来重又变亮，
最后还有渴望的脸孔一张，
被摈弃后变得烦躁不安，

最远还有一张脸孔是石头做成，
甘于承受其内部的重量，
而悄然使之毁灭的远方
却强迫它日趋神圣。

（1907 年 8 月中旬，巴黎）

---

① 选自《新诗集续编》。

光轮中的佛①

一切中心之中心，核仁之核仁，
自成一统而又甘美绝伦的扁桃②，——
宇宙万物直至大小星辰
都是你的果肉：这里向你问好。

哦你感到你一无牵挂；
你的果皮达到了无限，
其中有浓烈果浆凝聚而升华。
外面还有一个光体从旁支援，

因为高高在上是你的太阳
在圆满而炽烈地旋转。
而你身上却已开始生长
比太阳更高的内涵。

（1908 年夏，巴黎）

---

① 选自《新诗集续编》。本篇不是通过一个旁观者的目光来写佛的状态，而是对他进行正面的歌颂。
② 由于久久凝视佛像的椭圆形光轮，诗人便联想到"扁桃"。

杜伊诺哀歌①

为马利·封·屠恩与塔克西斯·霍恩洛厄侯爵夫人所有②

第一首

如果我哭喊，各级天使③中间有谁
听得见我？即使其中一位突然把我
拥向心头：我也会由于他的
更强健的存在而丧亡。因为美无非是
我们恰巧仍然能够忍受的恐怖之开端，
我们之所以惊羡它，则因为它宁静得不屑于

---

① 里尔克在亚得里亚海滨的杜伊诺城堡独自度过了 1911 年至 1912 年的冬天，同时开始创作这组组诗，最后以这座城堡的名字为作品命名《杜伊诺哀歌》。这部作品的创作历时十年，这是包括第一次世界大战前后几年在内的动荡的十年，也是对于他内心发展起关键作用的十年。这部组诗被认为是里尔克最伟大的作品。

② 杜伊诺城堡属于马利·封·屠恩与塔克西斯·霍恩洛厄侯爵夫人，她慨允作者在她不在的时候一个人在这里从事创作。因此，十年之后作品完稿时，作者便将它献给了她。出版时也将此句印于扉页。

③ 本篇的主旨在于阐明天使与人的对立，肯定人的无常性，认为伟大的爱者、早逝者以及偶尔提及的"英雄"的命运，是解释生与死的真实意义或者三者的最终同一性的关键。

摧毁我们。每一个天使都是可怕的。①

于是我控制自己，咽下了隐约啜泣之

诱唤。哎，还有谁我们能

加以利用？不是天使，不是人，

而伶俐的牲畜已注意到

我们并不十分可靠地安居在

在这被阐释的世界里。也许给我们留下了

斜坡上任何一株树，我们每天可以

再见它；给我们留下了昨天的街道

以及对于一个习惯久久难改的忠诚，

那习惯颇令我们称心便留下来不走了。

哦还有夜，还有夜②，当充满宇宙空间的风

舐食我们的脸庞时——被思慕者，温柔的醒迷者，

她不会为它而停留，却艰辛地临近了

孤单的心。难道她对于相爱者更轻松些吗？

---

① 根据作者自己解释，《哀歌》中的天使与基督教的天使无关，毋宁接近伊斯兰教的天使形象，这是一个由可见物到不可见物的转化过程在其身中得以完成的超人实体，一个证明不可见物有较高一级现实性的神性存在。所以，它对于我们是"可怕"的，因为我们作为"爱者"和"转化者"仍然依赖于可见物。据有关专家研究，在《哀歌》里，所谓"天使"不过是一个"完整意识"的实体化，眼前人性中的种种限制和矛盾都被超越了，思想与行动、见识与成就、意志与能力、实际与理想均在此合而为一。他既是一种激励也是一种惩戒，既是慰藉之源又是恐怖之源；他既保证人的最高志向的有效性并为里尔克的心提供他所谓的"指导"，同时又时刻不停地提醒人们意识到，他和他的目标永远相隔十万八千里。

② "夜"是对于神秘的未知物的一个象征。里尔克晚年作品中的"夜"都有类似的意味。

哎，他们只是彼此隐瞒各自的命运。

你还不知道吗？且将空虚从手臂间扔向

我们所呼吸的空间①；也许鸟群会

以更诚挚的飞翔感觉到扩展开来的空气。

是的，春天需要你。许多星辰

指望你去探寻它们。过去有

一阵波涛涌上前来，或者

你走过打开的窗前，

有一柄提琴在倾心相许。这一切就是使命。

但你胜任吗？你可不总是

为期待而心烦意乱，仿佛一切向你

宣布了一个被爱者②？（当伟大而陌生的思想在你

身上走进走出并且夜间经常停留不去，这时

你就想把她隐藏起来。）

但你如有所眷恋，就请歌唱爱者吧；他们

被称誉的感情远非足够不朽的。

那些人，你几乎嫉妒他们，被遗弃者们，你发现

他们比被抚慰者爱得更深。永远重新

开始那绝对达不到的颂扬吧；

---

① 指由于"被思慕者"、未知的被爱者不在眼前而引起的"空虚"。

② 在 1910 到 1914 年之间，里尔克完成《布里格笔记》之后，经常表现出对于异性伴侣的渴望。1913 年 10 月他在致露·安德烈亚斯-莎乐美的信中说："如果我告诉你，我在鲁昂的寂静的街道上，见到一个女人从我身旁走过，是那么激动不安，以致后来几乎什么也看不见，对什么事情也不能专心，你会相信吗？"

想一想：英雄坚持着，即使他的毁灭

也只是一个生存的借口：他的最后的诞生。①

但是精疲力竭的自然却把爱者

收回到自身，仿佛这样做的力量

再也不会有两次。你可曾从加斯帕拉·斯坦帕②

充分想到，任何一个

不为被爱者所留意的少女，看到这个爱者的

崇高范例，会觉得"我也可以像她一样"吗？

难道这种最古老的痛苦不应当终于给我们

结出更多的果实？难道还不是时候，我们在爱中

摆脱了被爱者，战栗地承受着：

有如箭矢承受着弓弦，以便聚精会神向前飞跃时

变得超过它自身。因为任何地方都不能停留。

声音，声音。听吧，我的心，就像只有

圣者听过那样：巨大的呼唤把他们

从地面扶起；但他们继续（不可能地）

跪拜，却对它漠不关心：

---

① "英雄"并不需要我们"颂扬"，因为他们的令名在我们中间活着；可是爱者的名字却都被忘却了，仿佛自然没有力量在人们的记忆中保存它们，便把它们带回了它自身。

② 加斯帕拉·斯坦帕，意大利女诗人，1523 年生于米兰贵族家庭，受过"精致"教育，二十六岁与年轻的柯拉尔托公爵柯拉尔蒂诺热恋。几年后他往法国为亨利二世而战，遂将她忘却，并与其他女子交往。后来回国，一种责任感使他暂不能公开与他所不爱的女子决裂。她头几年感到幸福，后渐知真相，最后离开了他，重新结婚；他则另觅新欢，并投身宗教以求安慰。1554 年，女诗人逝世，时三十一岁。关于她和柯拉尔蒂诺的恋爱悲剧，据说有过两百余首十四行诗，里尔克显然从中受到感动。

他们就这样听着。不是你能忍受

神的声音，远不是。但请听听长叹，

那从寂静中产生的、未被打断的信息。

它现在正从那些夭折者那里向你沙沙响来。

无论何时你走进罗马和那不勒斯的教堂，

他们的命运不总是安静地向你申诉吗？

或者一篇碑文巍峨地隆起在你面前，

有如新近在圣玛丽亚·福莫萨见到的墓志铭。①

他们向我要求什么啊？我须悄然抹去

不义的假象，它常会稍微

妨碍他们的鬼魂之纯洁的游动。②

的确，说也奇怪，不再在地面居住了，

不再运用好不容易学会的习惯了，

不给玫瑰和其他特地作出允诺的

事物赋予人类未来的意义；

---

① 圣玛丽亚·福莫萨是威尼斯的一座著名教堂。里尔克于1911年三、四月间逗留威尼斯时曾来过此处，十一月在杜伊诺堡时再次来过。这段轶事有著名天主教神学家罗曼诺·瓜尔迪尼的记载如下："不久以前，我来访这座以其明净而严谨的形式胜过威尼斯其他教堂的教堂，在祭坛右侧附近发现了里尔克可能铭记在心的那块碑文。上云：'我在世为他人而活；死后我并未泯灭，而是在冰凉的石棺中为自己而活。我叫赫尔曼·威廉。弗兰德斯为我哀悼，亚得里亚为我叹息，贫穷把我呼唤。他死于1593年10月16日。'"弗兰德斯是过去欧洲一伯爵领地，现属比利时；亚得里亚是意大利北部一市镇，以亚得里亚海得名。

② 指"妨碍"他们逐渐"戒绝尘世一切"（末段第二行），在永恒中行进。这一点既可从我们的眼光来看，也可从他们的眼光来看，因为他们既在"别的什么地方，又在我们的心里"。

不再是人们在无穷忧虑的双手中

所成为的一切，甚至抛弃

自己的名字，像一件破损的玩具。

说也奇怪，不再希望自己的希望。说也奇怪，

一度相关的一切，眼见如此松弛地

在空中飘荡。而死去是艰苦的

却充满了补偿，即可以慢慢觉察到

一点点永恒。——但是，生者都犯了

一个错误，他们未免过于泾渭分明。

天使（据说）往往不知道，他们究竟是

在活人还是死人中间走动。永恒的激流总是

从两界冲走了一切年岁

并比它们在两界的声音响得更高。

他们终于不再需要我们，那些早逝者，

人们怡然戒绝了尘世一切，仿佛长大了

亲切告别了母亲的乳房。但是我们，既然需要①

如此巨大的秘密，忧伤如此经常为我们

---

① 里尔克在致波兰语译者的信中这样写道："在《哀歌》中，**对生之肯定
与对死之肯定显得合而为一**。容许其一而放弃其二，如此处所经验与赞美者，乃
是最终排斥全部无限性的一种拘束。死是吾人生命之被复原的、未经照明的**另一
面**；我们必须达成吾人生存之可能最伟大的意识，它精通这**两个无限的领域**，它
从两者**汲取无尽的养分**……生命的真正形式扩展到两个领域全部，循环最大的血
液流动在**两个领域全部**：**既没有此岸也没有彼岸，只有一个伟大的统一**，由'天
使们'、那些超越我们的神灵们安居于此。"（《穆佐书简》第332—333页）

产生神圣的进步——：我们能够没有它们吗？

从前在为林诺①的悲悼中贸然响过的

第一支乐曲也曾渗透过枯槁的麻木感，

正是在这惊惶的空间一个几乎神化的青年

突然永远离去，空虚则陷于

现在正吸引我们、安慰我们、帮助我们的

那种振荡——这个传说难道白说了吗？

（1912 年 2 月 21 日，杜伊诺）

第二首

每个天使都是可怕的。② 但是，天哪，

我仍然向你歌唱，几乎致命的灵魂之鸟，

并对你有所了解。托拜阿斯的时日

到哪儿去了，当时最灿烂的一位正站在简朴的大门旁，

为了旅行稍微打扮一下，已不再那么可怕了；

---

① 林诺原本是古希腊自然崇拜中的一个神，又指哀悼的化身。其传说多种多样，近乎维纳斯所钟爱的美少年阿多尼斯。据说他是个伟大的音乐家，创造了"林诺之歌"，荷马《伊利亚特》第十八篇曾提及。又据说他由于阿波罗的嫉妒而被杀死，为其死吓得浑身麻木的人们被音乐家俄耳甫斯的歌声重新唤醒了。

② 参阅 68 页注①。在前一首，肯定胜过否定，颂扬胜过悲悼，对人的限制性虽有所认识，但仍承认它是某种特殊行动的条件。但是，肯定的价值毕竟取决于其身后被征服的否定，因此在第二首及其后各首，反过来又使否定胜过肯定，坚持人的限制性，并以天使的完整而持续的自我意识与人的破碎而中断的自我意识相对照，为人生如朝露而悲叹。

（少年面对着少年，他正好奇地向外张望着。）①
唯愿大天使，那危险的一位，现在从星星后面
向下只走一步，走到这里来：我们自己的心将高高
向上直跳而使我们毙命。你们是谁啊？

早熟的成就，你们是创造的骄子，
一切制作的顶峰，晨曦映红的
山脊，——繁华神格的花粉，
光的关键，走廊，阶梯，宝座，
本质构成的空间，喜悦构成的盾牌，暴风雨般
迷醉的情感之骚动以及突然间，个别出现的
镜子：它们把自己流出来的美
重新汲回到自己的脸上。

因为我们在感觉的时候挥发了；哦我们
把自己呼出来又呼开去；从柴焰到柴焰
我们发出更其微弱的气息。这时有人会告诉我们：
是的，你进入了我的血液，这房间，春天
被你充满了……这管什么用，他并不能留住我们，
我们消失在他的内部和周围。而那些美丽的人们，
哦谁又留得住他们？外貌不停地浮现在
他们脸上又消失了。有如露珠从晨草身上

---

① 这里反映了人与天使的亲密关系，"最灿烂的一位"指天使拉斐尔。

我们所有一切从我们身上发散掉，又如一道蒸腾菜肴
的热气。哦微笑，哪儿去了？哦仰视的目光：
新颖、温暖、正在消逝的心之波——；
悲哉，我们就是这一切。那么，我们化解于其中的
宇宙空间是否带有我们的味道？天使们是否真正
只截获到他们的所有，从他们流走的一切，
或者有时似乎由于疏忽，其中还剩下一点点
我们的本质？我们是否还有那么些被揉合在
他们的特征中有如孕妇脸上的
模糊影子？他们在回归于自身的
旋涡中并未注意这一点。（他们怎么会注意到它。）
如果天使懂得的话，爱者们会在夜气中
交谈一些奇闻。① 因为看来万物都在
隐讳我们。看哪，树木存在着；我们所住的
房屋还立在那儿。我们不过是
经过一切有如空气之对流。
而万物一致闭口不提我们，也许一半
作为羞耻，一半作为不可言说的希望。

爱者们，你们相互称心如意，我向你们
询问有关我们的问题。你们伸手相握。你们有所表白吗？
看哪，在我身上也可能发生，我的双手彼此

---

① 参阅第一首第一行："如果我哭喊，各级天使中间有谁听得见我？"这里
是说爱者们可能向天使传递了我们的某种信息，使天使们听得见我们。

熟悉或者我的饱经风霜的

脸在它们掩护下才受到珍重。这使我多少有

一点感觉。可谁敢于为此而*生存*？

但是你们，你们在另一个人的狂喜中

不断扩大，直到他被迫向你

祈求：别再——；你们在彼此的手中

变得日益富有有如葡萄丰收之年；

有时你们消逝了，只因为另一个人

完全占了上风：我向你们询问我们。我知道，

你们如此沉醉地触摸，是因为爱抚在持续，

因为你们温存者所覆盖的地方并没有

消失；因为你们在其中感觉到纯粹的

绵延。于是你们几乎向自己允诺了

拥抱的永恒。但是，当你们经受住

初瞥的惊恐，窗前的眷恋

和第一次、仅仅*一次*同在花园里散步：

爱者啊，你们还是从前的自己吗？当你们彼此

凑近对方的嘴唇开始啜饮——：饮了一口又一口：

哦饮者要错过这种行为是多么不寻常啊。①

---

① "纯"爱者的本分是给予，是忍受，有如箭矢忍受弓弦；而被还报的爱者
则既是取者又是予者，既是饮者又是饮料。

在阿提喀石碑①上人类姿势的

审慎难道不使你们惊讶吗？爱与别离可不是

那么轻易地置于肩头，仿佛是由别的

什么质料做成的，而不是本来在我们身上？记住那双手，

它们是怎样毫无压力地歇着，纵然躯干中存在着力量。

这些自制者们由此可知：我们走得多么远，

我们这样相互触摸，这就是我们的本色；诸神则

更强劲地阻挡我们。可这是诸神的事情。

唯愿我们能够发现一种纯粹的、含蓄的、狭隘的

人性，在河流与岩石之间有属于我们的

一小片果园。因为我们自己的心超越了我们②

正如当初超越那些人。而我们不再能够

目送它成为使它平静的图像，③ 也不能成为

它在其中克己有加的神圣的躯体。

（1912 年 1—2 月，杜伊诺）

---

① 阿提喀石碑，古代雅典的墓碑。这块碑上人形审慎的姿势使作者想到，我们不像古希腊人，不能为我们内在生命找到适当的外在象征。1912 年 1 月 10 日，里尔克给女友露·安德烈亚斯-莎乐美信中写道："我相信从前在那不勒斯一块古碑前面，我忽然想到，我决不应以比此处所表现的更粗暴的手势去触摸人……"

② "我们的心超越了我们"，是说我们所向往的超越了我们所获得的，因此我们最好满足于某种古人所有的节制态度（参阅本页注①），既不要求过多，也不给予过多。

③ 因为神话属于过去。过去和现存的对比更烘托出今人的徒劳和绝望。

第三首

歌唱被爱者是一回事。唉，歌唱

那个隐藏的有罪的血之河神是另一回事。①

他是她从远方认识的，她的小伙子，他本人

对于情欲之主宰又知道什么，后者常常由于孤寂，

（少女在抚慰情人之前，常常仿佛并不存在，）

唉，从多么不可知的深处流出，抬起了

神头，召唤黑夜从事无休的骚乱。

哦血之海神，哦他的可怕的三叉戟。

哦他的由螺旋形贝壳构成的胸脯的阴风。

听呀，夜是怎样变凹了空了。你们星星，

爱者对被爱者容颜的欢悦难道不是

源自你们么？他不正是从纯洁的星辰

亲切地审视她纯洁的面庞么？

你并没有，唉，他的母亲也没有

使他将眉头皱成期待的弧形。

---

① 前一首暗示了普通的爱者的无能为力，有如晨草的露珠，有如菜肴的蒸汽；本篇进一步将以本身为目的的崇高之爱（如第一首提到的加斯帕拉·斯坦帕的爱情）和盲目的动物情欲相对照。性爱对象对于爱情主体的决定力量在这里以罗马海神为象征，它的标记是三叉戟和螺号。由此可见，作者至迟到 1912 年已经开始研究弗洛伊德的心理分析学说。此外，本篇还有一个初次出现的主题即童年，但不是第四、八首所写的令人羡慕的诸方面，而是它的不为人知的、连最温柔的母爱也无法驱赶的悲惨和恐怖。

他的嘴唇弯出丰富的表情，

不是为了凑向你，对他多情的少女，不是为了你。

你果真认为，你轻盈的步态会那么

震撼他么，你，像晨风一样漫游的你？

诚然你惊吓了他的心；但更古老的惊愕

却在那相撞击的接触中冲入了他体内。

呼唤他吧……你不能完全把他从玄秘的交游中呼唤出来。

当然，他想逃脱，他逃脱了；他轻松地安居于

你隐秘的心，接受自己并开始自己。

但他可曾开始过自己呢？

母亲，你使他变小，是你开始了他；

他对你是崭新的，你在崭新的眼睛上面

拱起了友好的世界，抵御着陌生的世界。

当年你干脆以纤细的身材为他拦住

汹涌的混沌，那些岁月到哪儿去了？

你就这样向他隐瞒了许多；你使那夜间可疑的

房屋变得无害，你从你充满庇护的心中

将更富于人性的空间和他的夜之空间混在一起。

你并没有将夜光放进黑暗中，不，而是放进了

你的更亲近的生存，它仿佛出于友谊而闪耀。

哪儿都没有一声吱嘎你不能微笑着加以解释，

似乎你早就知道，什么时候地板会表现得……

于是他聆听着，镇静下来。你的出现，温柔地，

竟有许多用途；他的命运穿着长袍踱到

衣柜后面去了，而他不安的未来恰好
与那容易滑动的布幔的皱褶相称。

而他，那被安慰者，躺着时分，在昏然
欲睡的眼睑下面将你的轻盈形体
之甜蜜溶化于被尝过的睡前迷离之中——：
他本人仿佛是一个被保护者……可是在**内心**：谁会
在他内心防御、阻挡那根源之流？
唉，在睡眠者身上**没有**任何警惕；睡着，
但是梦着，但是在热昏中：他是怎样着手的。
他，那新生者，羞怯者，他怎样陷入了圈套，
以内心事件之不断滋生的卷须
与榜样，与哽噎的成长，与野兽般
追猎的形式交织在一起。他怎样奉献了自己——。爱过了。
爱过他的内心，他的内心的荒芜，
他身上的这个原始森林，在它缄默的倾覆上面①
绿油油地立着他的心。爱过了。把它遗弃了，从自己的
根部走出来走进强有力的起始，

---

① 　缄默的倾覆，作者惯以抽象名词代替具体名词的例证之一，泛指由倾覆
物质铺垫而成的地面。里尔克在 1915 年给马利侯爵夫人的一封信中，有过同样的
用法："我们今后难道不会像我们目前学着做的这样，永远把全部理智视为次要，
把人类看成难以解救，把历史当作一座原始森林吗，它的底层我们永远踏不着，
因为它一层一层、无穷无尽地立于倾覆（物）上面？"原始森林固有的底层或土
壤已在一层层落叶朽木下面被埋葬了千百年，人们在这样一座林子里所践踏的恰
可称作"倾覆（物）"。

他渺小的诞生在这里已经过时了。爱着，

他走下来走进更古老的血液，走进峡谷，

那儿潜伏着可怕的怪物，饱餐了父辈的血肉。而每一种

恐怖都认识他，眨着眼，仿佛很懂事。

是的，惊骇在微笑……你很少

那么温柔地微笑过，母亲。他怎能不

爱它呢，既然它对他微笑过。在你之前

他就爱过它，因为，既然你生了他，

它就溶入使萌芽者变得轻飘的水中。

看哪，我们并不像花朵一样仅仅

只爱一年；我们爱的时候，无从追忆的汁液

上升到我们的手臂。少女啊，

是这么回事：我们在我们内心爱，不是一个，一个未来者，而是

无数的酝酿者；不是仅仅一个孩子，

而是像山脉废墟一样安息在

我们底层深处的父辈们；而是往昔母辈的

干涸的河床——；而是在多云或

无云的宿命下面全然

无声的风景——：这一切都先你一着，少女。

而你自己，你知道什么——，你将

史前时代召遣到爱者身上来。是什么情感

从逝者身上汹涌而上。是什么女人

在那儿恨你。你在青年人的血管中

煽动起什么样的恶人啊？死去的

孩子们希望接近你……哦，轻点，轻点，

给他安排一项可爱的，一项可靠的日课，——把他

引到花园附近去，给他以夜的

    优势……①

    留住他……

        （1912 年初，杜伊诺；1913 年秋，巴黎）

第四首

哦生命之树，何时是你的冬天？②

---

① "给他以夜的优势"，这是诗人对少女说的话，指她为他（爱者）提供的胜似白昼的带有补偿性的"情侣之夜"，对青年人的原始冲动和孩子的恐怖具有优势的夜。

② 树在落叶，候鸟向南飞，秋天快过去了，冬天快来了。1915 年深秋，诗人在慕尼黑一座荒凉的公园里漫步，突然触景生情，想象"生命之树"何时面临它的冬天，我们何时能像候鸟一样感知离别的信息。不过，作者所渴望的"冬天"并非死亡，并非生命的解脱，并非永远的休眠；或者说，他心目中的"死亡"并非生命的对立面，而是它的另一方面，并非中止而是变形。本篇的主旨在于继续暗示心灵的惶惑和分裂，正是这一点妨碍我们履行人间的正常任务，妨碍我们投身于看不见的力量，作为后者的工具，完成它们的目标，从而使我们的生活有意义。我们缺乏动物的准确无误的本能和完整的意识（参阅第八首）。我们总认为我们的**无常性**是一种**限制**，因此不能把它作为**条件**来接受。我们偶尔感到永恒，随即又回到时间之流绝望地挣扎。我们往往摇摆于正在做的和可能做的之间，已经选择的和可能选择的之间，眼前的和偏远的之间。我们是"没有填满的面具"，只是半心半意地扮演我们被分配的角色。一个天使用一个傀儡可能做得比看不见的力量用我们所能做的要更多，正因为我们惶惑、分裂而又执拗。虽然如此，末尾仍然是歌颂，对童年的歌颂，如果我们能够保留或者重新获得孩子的公开而完整的意识，不为过去和未来所分神，全心全意投身于永恒的现在，我们将能够完成我们的角色。

我们并不一条心。并不像候鸟那样

被谅解。被超过了而且晚了，

我们于是突然投身于风中并

坠入凉漠的池塘。我们同时

领悟繁荣与枯萎。

什么地方还有狮子在漫步，只要

它们是壮丽的，就不知软弱为何物。

但如我们专注于一物，我们就会

感觉到另一物的亏损。敌意是我们

最初的反应。[①] 爱者们相互允诺

幅员，狩猎和故乡，难道不是

永远在接近彼此的边缘么。

于是，为了一瞬间的素描

辛苦地准备了一层反差的底色，

好让我们看得见它；因为人们

对我们十分直率。我们并不知道

感觉的轮廓，只知道从外部使之形成的一切。

谁不曾惶恐地坐在他的心幔面前？

心幔揭开来：布景就是别离。[②]

不难理解。熟悉的花园，

而且轻轻摇晃着[③]：接着来了舞蹈者。

---

① 敌意、拒绝、引退对于人们常常比舍己和合作来得更自然。

② 参阅第八首结尾。

③ 像一块刚刚挂起来的背景幕布。

不是他。够了。不管他跳得多么轻巧，

他化了装，他变成一个市民

从他的厨房走进了住宅。

我不要这些填满一半的面具，

宁愿要傀儡。它给填满了。我愿忍受

它的躯壳和铁丝以及外露的

面貌。在这里！我就在它面前。

即使灯火熄灭了，即使有人

对我说：再没有什么——，即使空虚

带着灰色气流从舞台吹来，

即使我的沉默的祖先再没有

一个人和我坐在一起，没有女人，甚至

再没有长着棕色斜眼的儿童①：

我仍然留下来。一直观看下去。

我说得不对吗？② 你，品尝一下我的、

我的必然之最初混浊的灌注，父亲，

你就会觉得生活对我是多么苦涩，

我不断地长大，你便不断品尝，且忙于

回味如此陌生的未来，检验着

---

① 指作者早逝的堂弟埃贡·封·里尔克，参阅《致俄耳甫斯十四行》第二部第8首。

② 以下一节是写作者由于放弃军官生涯而对父亲产生的负疚感，同时也是对自己的大胆行为的一次自我辩解。

我的朦胧的凝视，——

你，父亲，自你故世以来，常常

在我的希望中为我感到忧惧，

并为我的一小片命运而放弃了

恬静，尽管死者是多么恬静，放弃了

恬静的领域，我说得不对吗？而你们，

我说得不对吗？你们会为我对你们的爱

的小小开端而爱我，可我总是脱离那开端，

因为你们脸上的空间，即使我爱它，

变成了你们不复在其中的宇宙空间……当我高兴

等待在傀儡舞台面前，不，

如此全神关注着，以致最后

为了补偿我的凝望，那边有一个天使

抓起傀儡躯壳，不得不扮角出场了。

天使和傀儡：接着终于演出了。

接着由于我们在场而不断使之

分离的一切团圆了。接着从我们的季节

首先出现整个变化的轮回。于是天使

从我们头上扮演下去。看哪，垂死者们，

他们难道揣测不到，我们在此所完成的

一切是多么富于托词。一切都

不是真的。哦童年的时光，①

---

① 这一节是说我们像儿童一样学会寂寞。寂寞不应被视作不幸，而是一件
真实的必要的功课。

那时在外形后面不仅只有

过去，在我们前面也不是未来。

我们确实长大了，有时迫不及待

要快些长大，一半是为了奉承

另一些除了长大便一无所有的人们。

而且在我们孤独时我们

还以持久不变而自娱，伫立在

世界和玩具之间的空隙里，①

在一个一开始就为

一个纯粹过程而创建的地点。

谁让一个孩子显示他的本色?② 谁把它

放在星宿之中，让他手拿着

距离的尺度? 谁使孩子死

于变硬了的灰色面包，——或者让死

留在圆嘴里像一枚甜苹果

噎人的果核? ……凶手是

---

① "玩具"代表童年；"世界和玩具之间的空隙"指人生，是从物到人的过渡。童年的记忆只是对玩具说话，即对物说话。"物"在作者笔下富于神奇的色彩，是成人体会不到的。

② 作者这里试图通过一幅画面来体现童年的本质。一个孩子在自满自足的世界里，以星空为背景，手拿一柄尺子，想测量他的世界和成人世界的距离；但他另一只手拿的"变硬了的灰色面包"却代表死亡，或者他张开的嘴里还有苹果核，看来他吃过一枚苹果，却没有把果核吐掉，它会噎住他，暗示死亡就在孩子身上。于是诗人发出慨叹：致人于暴亡的"凶手"是"不难识破的"，可孩子在生命真正开始之前，就让自身包含着死亡，却是"无可描述的啊"。

不难识破的。但是这一点：死亡，

整个死亡，即使在生命开始之前

就那么温柔地被包含着，而且并非不吉，

却是无可描述的啊。

（1915 年 11 月 22—23 日，慕尼黑）

第五首

献给赫尔塔·柯尼希夫人①

但请告诉我，他们是谁，这些江湖艺人②，比我们自己

还要短暂一些的人们，他们从早年起就紧迫地被一个

不知取悦何人而又永不心满意足的愿望绞榨着？它绞干

---

① 这是最后写成的一首，是为毕加索的一幅画《江湖艺人》而写，并献给画的主人赫尔塔·柯尼希夫人。1915 年 6 月，作者在慕尼黑找不着一个适当的住处，便向这位夫人请求，可否在她和她的家人下乡避暑之际，让他在她的韦登马耶大街的寓所暂时借住；夫人答应了，于是他从六月住到了十月，房间墙上挂着毕加索的那幅画。

② 毕加索的画和作者的诗句并非完全对应。画中人物站在画幅中央，看不出他们是刚来还是将去，是开始还是结束他们的表演；诗中的艺人显然是刚刚开始，站在破烂的地毯上，也许是在巴黎市郊，周围有许多观众。画中人从左到右：1. 穿丑角服装的大汉，可能就是诗中"那年轻的男人"，亦即"拍掌示意让人跳下来"的那个人；2. 戴着圆锥形帽、肩上背个口袋的男人，可能就是诗中那个"憔悴的满脸皱纹的举重人"；3. 穿男式游泳裤、肩上有鼓的瘦个子，他在诗中没有出现，他的击鼓任务可能由"只能打打鼓"的举重人代替；4. 以"爱慕"的目光"迎向"母亲的小男孩；5. 他的"颇不慈祥的母亲"；6. 由班主牵着手的小女孩，即诗中戴"流苏"、穿"金属般绸衣"的"亲爱的"。

他们，拗弯他们，缠绕他们，摆动他们，

抛掷他们，又把他们抓回来；他们仿佛从

抹了油的、更光滑的空气里掉下来，掉到

破烂的、被他们无止尽的

跳跃跳薄了的地毯上，这张遗失在

宇宙中的地毯。①

像一块膏药贴在那儿，似乎郊外的

天空撞伤了地球。

　　　　　而且勉强在那儿

直立着，在那儿被展示着：像几个站在那儿的

词首大写字母……②，甚至那一再来临的手柄，为了开心，

又把最健壮的男人滚转起来，有如

强者奥古斯特③在桌上

滚转一个锡盘。

------

　　① 江湖艺人在他们的表演中和彼此的关系中，有很多地方使里尔克觉得象征了整个人类。他们到处流浪，没有定居，似乎"比我们自己还要短暂"；他们聚集在一块破烂的地毯上，就像人在这不可理解的世界上一样孤单而隔绝。他们从童年起一直到死从事这辛苦的职业，仿佛是某种不可知的意志手中的玩具；他们难能可贵的技巧，既不能给他自己也不能给来来去去如玫瑰花瓣的观众以欢悦。作者从这场空虚的表演中选取出来、作为人的神圣标志送给天使的，只是从泪水中闪现出来的温柔的微笑。

　　② 据专家研究，毕加索画中五个立着的艺人共同构成一个大写 D 字的形状。那个穿丑角服装的年轻男子构成左边的一竖，小男孩则是半环形的末端。D 字代表 Dasein（生存）。

　　③ "强者奥古斯特"，神圣罗马帝国的萨克森选帝侯（1670—1733）。为了取悦宾客，他曾用一只手把锡盘捏扁。

名家诗歌典藏

唉，围着这个
中心①，凝视的玫瑰：
开放了又谢落了。围着这个
捣杵，这片为自己的
花粉所扑击的雌蕊，一再孕育出厌恶
之虚假果实，他们自己从不知觉的厌恶
——以微微假笑的厌恶
之最薄的表面闪闪发光。

那边是憔悴的满脸绉纹的举重人，
他而今老了，只能打打鼓，
萎缩在他强劲的皮肤里，仿佛以前它曾经
装过两个男人，另一个已经
躺在墓地里，这一个却活得比他更久，
耳已聋，有时还不免
错乱，在这丧偶的皮肤里。

但那年轻的，那个男人，他似乎是一个脖颈儿
和一个修女的儿子：丰满而壮实地充塞着
肌肉和单纯。

---

① "中心"指四名（一名妇女除外）杂技演员。他们作为集体被比作"捣杵"，因为他们不断捣击破烂的地毯，又被比作"雌蕊"，而周围观众来来去去有如围着雌蕊的花瓣。此外，"花粉"指灰尘，"伪果"指厌倦，果实"表面闪闪发光"指演员和观众的假笑。

哦你们，

曾经收到一片

淡淡的哀愁有如一件玩具，在它一次

久久的复原期中……

你，砰然一下，

只有果实知道，还没有成熟，

每天却上百次地从共同

构筑的运动之树①（那比流水还快，在几分钟

之内包括春夏和秋季的树）坠落——

坠落下来又反弹到坟墓上：

有时，在半晌中，一阵爱慕试图

掠过你的脸，迎向你难得

慈祥的母亲；可那羞怯的

几乎没有试投过的目光，就在你的

表面已经磨损的身上消失了……于是又一次

那人拍掌示意跳跃，每当你不断奔腾的

心脏明显感到一阵痛苦之前，你的脚掌

就火辣辣灼痛，比那痛苦的根源更占先，于是

你的眼里迅速挤出了一两滴躯体的泪水。

虽然如此，却盲目地

出现了微笑……

---

① 共同构筑的运动之树，指由演员堆成的人树或金字塔。

天使！哦采它吧，摘它吧，那开小花的药草。
弄一个瓶来保存它！把它捅进那些还没有
向我们开放的欢悦里；用秀丽的瓮坛
来颂扬它，上面有龙飞凤舞的铭文：

                        "Subrisio Saltat."①

然后你，亲爱的，
为最诱人的欢乐
悄然忽略的你。也许你的
流苏为你而完美——，
或者在那年轻的
丰满胸脯之上绿色的金属般绸衣
令人感觉无限地奢侈，什么也不缺乏。
你
经常以不同方式被放在整个颤动的天平上的
恬静的市场水果
公开地展示在众多肩膀中间。

是哪儿，哦那个地方是哪儿，——我把它放在心里——，
他们在那里还远不能，还在彼此

------

① 拉丁文："卖艺人的微笑。"这里用"药草"比喻"微笑"，是说让天使把一个微笑装在一个瓶子里，用拉丁文作出标记，放在架子上，像药房里的坛坛罐罐一样。

脱落，有如试图交尾、尚未正式

配合的动物；——

那里杠铃仍然很重；

那里碟子仍然从它们

徒然旋转的杆子上

摇晃开去……

于是突然间在这艰苦的无何有之乡，突然间在

这不可名状的地方，那儿纯粹的"太少"

不可思议地变成——，转化

成那种空虚的"太多"。

那儿多位数

变成了零。

广场，哦巴黎的广场，无穷尽的舞台，

那儿时装设计师，拉莫夫人①，

在缠绕在编结人间不停歇的道路，

无尽长的丝带，从中制作崭新的

---

① 拉莫夫人（Madame Lamort），系法语"死亡夫人"。作者这里似乎对自己孜孜不倦的艺术生涯也提出了怀疑。但是作者坚信，爱的真正意义只有同死亡联系起来才能理解。于是在最后一节，他把艺人想象成爱者，又把爱者想象成艺人。如果把死亡设想为生命的另一方面，如果爱者完成他们难以完成的任务，像艺人轻松地完成他们空虚的动作一样，那么这场技巧的展览是值得的，艺人脸上浮现的将不再是机械的固定的假笑，而是由衷的微笑，而旁观者即死者将体会到真正的幸福。

蝴蝶结，绉边，花朵，帽徽，人造水果——，都给
涂上虚假色彩，——为了装饰
命运的廉价冬帽。

……

天使：假使有一个我们一无所知的处所，在那儿，
在不可名状的地毯上，爱者们展现了他们在这儿
从不能做到的一切，展现了他们大胆的
心灵飞翔的高尚形象，
他们的欲望之塔，他们
早已离开地面、只是颤巍巍地彼此
倚靠着的梯子，——假设他们能够做到这一切，
在四周的观众、那数不清的无声无息的死者面前：
那么他们会把他们最后的、一直珍惜着的、
一直藏匿着的、我们所不知道的、永远
通用的幸福钱币扔在
鸦雀无声的地毯上那终于
真正微笑起来的一对情侣面前吗?

（1922 年 2 月 14 日，穆佐）

第六首

无花果树①，长久以来我就觉得事关重大。

你是怎样几乎完全错过花期

未经夸耀，就将你纯粹的秘密

催入了及时决定的果实。

像喷泉的水管你弯曲的枝桠

把汁液驱下又驱上：它从睡眠中

几乎还未醒来，就跃入其最甜蜜成就的幸福。

看哪，就像大神变成了天鹅。②

               ……但是我们徘徊着，

唉，我们以开花为荣，却无可奈何地进入了

我们最后的果实之被延宕的核心。

在少数人身上行动的紧迫感如此强烈地升起

---

① 前几首（如第一首）曾经表明，伟大的爱者和夭亡者的命运是把生与死作为统一体来理解的关键，须知夭亡者在我们心中比在世间活得更热烈更真实。本篇则颂扬诚心诚意的不失赤子之心的英雄，他的命运和夭亡者的命运十分近似。本来，生命的花期不过是为其果实即死亡做准备；死亡不是生命的对立面，而是它的未被领悟的另一面。但是，我们凡人却把生与死划分得一清二楚：只求活得越久越好，唯恐死神即日来临。英雄与之相反，他对持续无动于衷，只关心独立于时间之外的生存。诗人把英雄比作无花果树，认为它朴实无华，未经夸耀，就将纯粹的秘密催入了及时决定的果实，即成熟的死亡之果。本篇曾在一份副本中被题为《英雄哀歌》。

② 指宙斯化为天鹅接近丽达的神话。

以致他们已经站定，并燃烧于心灵的丰富之中，①
当开花的诱惑如同柔和的夜气
触抚到他们嘴巴的青春，触抚到他们的眼帘：
也许只是在英雄身上，以及那些注定夭亡的人们身上
从事园艺的死亡才以不同方式扭曲了他们的血管。
这些人向前冲去：他们先行于
自己的微笑，正如凯尔奈克的微凹浮雕上的
马车先行于凯旋的国王。②

说来奇怪，英雄竟接近于夭亡者③。持久
与他无缘。他的上升就是生存。经常
他走开去，步入其恒久风险之
变更的星座。那里很少人能发现他。但是，
对我们阴郁地缄默着的命运，突然间热烈起来，
把他唱进了他的呼啸世界的风暴中。
我还没有听说谁像他。他的沉闷的音响
突然挟着涌流的空气从我身上穿过。

----

① 是说大多数人惜生而畏死，不过是"惜"或"畏"我们自己的某一部分，最终还是要死，即"无可奈何地进入了我们最后的果实之被延宕的核心"。少数人即英雄却充满行动的紧迫感，赋予短暂一生以最大的活力。
② 凯尔奈克，埃及尼罗河东岸底比斯北半部遗址。1911 年 1 月至 3 月，里尔克曾旅游埃及，除拉美西斯二世的巨大石像外，最醉心于凯尔奈克的庙宇遗址及其微凹浮雕，这种浮雕表现了古埃及的艺术风格。
③ 参阅第一首结尾处。作者在 1898 年《佛罗伦萨日记》中曾经赞美过年轻而被弑的朱利亚·德·美第奇。

于是我多么愿意回避憧憬：哦我多么希望

成为、也许还可能成为一个儿童，静坐着

支撑着未来的手臂①，读着参孙的故事，

他的母亲开初怎样不孕，后来却分娩了一切。②

哦母亲，他在你的体内难道不已是英雄吗，

他的威风凛凛的选择难道不是在你体内开始的吗？

成千上万人曾在子宫里酝酿，希望成为他，

但是看哪：他掌握并舍弃，选择并得以完成。

如果他曾经捣毁圆柱③，那么这时他正从

你的肉体的世界里迸出来，来到更狭窄的世界的，

他在那里继续选择并得以完成。哦英雄的母亲们，

哦奔腾河流的源头！你们就是峡谷，

少女们已经高高地从心灵边缘，悲泣着

冲了进去，将来为儿子而牺牲。

因为英雄一旦冲过爱的留难，

每个为他而跳的心都会使他出人头地，

这时他转过身来，站在微笑的终点，一改常态。

(1912 年 2—3 月，杜伊诺；1913 年 1—2 月托莱多，隆达；

1913 年晚秋，巴黎；1922 年 2 月 9 日，穆佐)

---

① 未来的手臂，指尚未实现其潜能但将来会长得像参孙的一样粗壮的手臂。

② 参孙是《圣经·旧约》中的大力士，其母在生他之前曾长久不孕。

③ 参孙拉倒托房的柱子，与很多腓力斯丁人同归于尽。见《旧约·士师记》第十六章。

第七首

随年龄而消逝的声音，别让、别再让求爱

成为你的叫喊的本性；① 虽然你叫得像鸟一样纯净，

当升腾的季节将它扬起，几乎忘却

它是个烦恼的动物而不仅是一颗心，

由季节扔向明媚，扔向亲切的天空。不亚于

鸟儿，你也会求爱——，让沉默的女友

体验到你，虽然还看不见，在她心中一个答案

却慢慢苏醒，一面倾听一面温热起来，——

以炽烈的对应感情回报你的大胆的感情。

哦，春天还会懂得——，没有一个角落不回响着

圣母领报节的声音。开始是那微细的

询问式的尖叫，由一个纯洁的肯定的白昼

以不断增大的寂静抑制下去。

然后走上阶梯，走上呼唤的阶梯，到达被梦想的

---

① 第一首曾经暗示过，人的职能或使命可能与他的倏忽无常的本性密切相关，可能无非是赋予他所度过的每一瞬间以尽可能最高的意义；但是，由于渴望某种永远令人满足的所有物，某种理想的伴侣，他（指里尔克即人，或指人即里尔克，如诗中所常见）因而分心以致不能具有这项任务所需要的恒久的机警性和感受力。现在他宣称，他已成长到超脱了这种渴望："随年龄而消逝的声音，别让、别再让求爱成为你的呼喊的本性。"读者不禁想起《致俄耳甫斯十四行》第一部第3首所说，真正的歌"不是争取一种终于会达到的东西"，而是生存本身。不是他已再无力追求，而是如果他追求的话，这种追求将变得纯净而与个人无关，以致像一只为升腾的春天所扬起的鸟儿。如果还有欲望可言，这也是一种无所不及的欲望，不限于某个特殊对象，因为它同时是生存幸福的一种预示。

未来之殿堂——；然后是颤音，喷泉，

它在充满诺言的嬉戏中一落下来便

预示着另一次逼人的喷射……而夏季就在眼前。

不仅是所有的夏晨——，不仅是

它们怎样变成白昼并在开始之前放光。

不仅是围着花卉显得温柔、在上面

围着成形的树木显得强壮有力的白昼。

不仅是这些扩张力量的虔诚，

不仅是道路，不仅是黄昏的草场，

不仅是晚来雷雨过后呼吸到的清新，

不仅是随黄昏而来的睡意和预感……

而且还有夜！还有崇高的夏

夜，还有星星，地球的星星。

哦，将来总会死灭，会无限地认识它们，

所有这些星星：因为怎么，怎么，怎么才忘得了它们！

看哪，我在那儿呼唤过爱者。但不止是她

会来临……从柔弱的坟墓里有少女们

会来临而且站立着……因为，我该怎样、

怎样限制被呼唤过的呼唤？沉没者永远

寻求着陆地。——你们孩子们，一个曾经

在此岸被掌握过的东西抵得上许许多多。

不要认为命运会多于童年的密致内容;①

你们经常怎样赶超被爱者，喘息着，

喘息着，在无缘无故向旷野幸福奔跑一通之后。

眼前生活是壮丽的。② 连你们也知道，少女们，即使看来

一无所有的你们在沉没——，你们在城市

最邪恶的街巷里溃烂着，或者公开成为

垃圾。因为每人都有一小时，也许不是

完整的一小时，而是两个片刻之间几乎不可

以时间尺度来测量的刹那，那时她也有

一个生存。一切。充满生存的血管。

不过，我们如此轻易地忘却，我们发笑的邻人

既不向我们证实也不妒忌的一切。我们愿意

---

① "不要认为命运会多于童年的密致内容"，意即命运本是童年时代就为人安排就绪的，并非后来才降临到身上的异物。作者在二十年前曾向"青年诗人"写过："这是必然的——而且我们正将慢慢朝这个方向发展——，没有什么异己的东西会落到我们头上，都不过是早就属于我们的一切。人们一定已经反复思考过那么多运转概念，想必也会慢慢认识到，我们称之为命运的，都是从人身上走出来的，而不是从外面走进去的。只因那许多人当他们的命运生活在他们身上时，一直没有吸收它们，将它们化为己有，所以他们不认识，是什么从他们身上走出来；它对他们是如此陌生，以致他们在仓皇的恐惧中认为，它一定正是现在才进入了他们的体内，因为他们发誓说道，他们从前绝没有在自己身上发现过这样的东西。正如人们长久在太阳的运转上欺骗自己一样，他们也一直在未来事物的运转上欺骗自己。未来是停止不动的，亲爱的卡卜斯先生，我们却运转无限的空间。"（《致青年诗人的十封信》第八封）

② "眼前生活是壮丽的"，专家们一致同意，这一句是全篇的主旨所在。前六首一再强调生与死的统一性，强调死不是生的对立面，而是生的尚未被领悟的一方面。但是，不能因此认为，生是不重要的，没有意义的。正当生的价值几乎全部被否定之际，第七首肯定了生的美德，开始对生存进行歌颂。"眼前生活是壮丽的"，于是诗人由悲悼转向了赞美。

把这一切显示出来，既然最显见的幸福只有当我们

在内心将它变形时才能让我们认识它。

被爱者啊，除了在内心，世界是不存在的。我们的

生命随着变化而消逝。而且外界越来越小

以致化为乌有。从前有过一座永久房屋的地方，①

横亘着某种臆造的建筑，完全属于

想象的产物，仿佛仍然全部耸立在头脑里。

宽广的力量仓库是由时代精神所建成，像它从万物

提取的紧张冲动一样无形。

他不再知道殿堂。我们更其隐蔽地节省着

心灵的这些糜费。是的，在仍然残存一件、

一件曾经被祈祷、一件被侍奉、被跪拜过的

圣物的地方，它坚持下去，像现在这样，一直达到看不见

　的境界。

许多人不再觉察它了，他们忽略了这样的优越性，

就是可以在内心用圆柱和雕像把它建筑得更加宏伟！

世界每一次沉闷的转折都有这样一些人被剥夺继承权，

他们既不占有过去，也不占有未来。

因为未来即使近在咫尺，对于人类也很遥远。这一点不

---

① 本行起到以下各行，既有对过去文化的见证物（房屋、殿堂）的赞美，也有对眼前刚开始的科技时代的文化批判。这种批判以堰堤建构（"横亘着某种臆造的建筑，完全属于想象的产物"）和发电设施（"紧张压力"）为例得以具体化。这种相当拖沓的语言有意回避专门名词，同样见于《致俄耳甫斯十四行》第一部第18、23首和第二部第10首。

应当使我们迷惘；毋宁应当在我们身上加强保持

仍然被认知的形态。这个形态一旦立于人类之间，

它便立于命运那灭绝者之间，立于

不知何所往的事物之间，恰如存在过一样，并将星星

从稳固的天空弯向自身。天使啊，

我还将向你显示这一点，瞧那边！在你的凝视中

它终于站着被拯救了，最后直立起来。

圆柱，塔门，狮身人面兽①，大教堂耸然而立的

尖塔，倾圮城市或外国城市的灰色尖塔。

这难道不是奇迹？哦，赞叹吧，天使，因为这就是我们，

是我们，哦你多么伟大，请告诉人们，是我们能够做到这

　　一切，我的呼吸

还短得不足以颂扬。看来我们毕竟没有

贻误空间，这些满足愿望的、这些

属于我们的空间。（它们一定大得可怕，

因为我们几千年的情感也没有填满它们）

但是一座塔楼是大的，不是吗？哦天使，它是的，——

即使和你相比，它也大吗？沙特尔教堂②是大的——而音乐

扬得更高，超过了我们。即使只有

---

① "圆柱，塔门，狮身人面兽"，系作者埃及之旅（1911年）的记忆。参阅第六首第二节及注。

② "大教堂……塔楼……沙特尔教堂"等，暗示作者多次旅行中所积累并多次描写过的经历和印象。这些纪念物在本篇中既充作造型力量的例证，又是科技的摹本。沙特尔系巴黎西南部一城镇，其教堂（建于1194—1240年）系哥特式宏伟建筑，有巨型彩色玻璃和石雕。

一个慕恋着的少女，孤零零在夜窗旁……

她不也来到了你的膝前吗——？

              不要认为，我在求爱。

天使啊，即使我向你求爱！你也不会来。因为我的

呼喊永远充满离去①；面对如此强大的

潮流你无法迈进。我的呼喊像

一只伸开的手臂。而它向上张开来

去抓抢的手一直张开在

你面前，有如抵挡和警戒，

高高在上，不可理解。

                                     （1922 年 2 月 7 日，穆佐）

---

① "我的呼喊永远充满离去"，这一句和这一节充满矛盾的感情。

第八首

献给鲁道夫·卡斯奈尔①

生物睁大眼睛注视着
空旷。只有我们的眼睛
仿佛倒过来，将它团团围住
有如陷阱，围住它自由的出口。
外面所有的一切，我们只有从动物的
脸上才知道；因为我们把幼儿
翻来转去，迫使它向后凝视
形态，而不是在动物脸上显得

---

① 鲁道夫·卡斯奈尔（1873—1959），奥地利哲学家，约自1907年起与里尔克来往。在卡斯奈尔的哲学思想中，最基本的是"回归"（Umkehr）观念：模范的现代人应当从圣父、数或量、同一性、中断、幻术、机会、幸福等等几乎纯外在的、有限的、静止的"空间世界""回归"为圣子、质、个性、继续和韵律、秩序和系统、自由、牺牲等等更其内在的、更富于精神性的、无限的、活动的"时间世界"。他这样写道："归根到底，回归意味着，我们并不在任何同一性上构建世界，无论我们把这个同一性称之为意志、天主、物自体、持续性、原始细胞或其他什么。回归因此就是一个无限世界、一个活动世界的中心。不管是谁，只要他在灵魂中反抗或震撼某一同一性，只要他在灵魂中反抗机会或者反抗通过机会进入生存，他就是一个回归者或者觉得有回归之必要。他就真正在活动中。"因此，卡斯奈尔认为，里尔克是一个未回归者，属于"空间世界"、圣父的世界；本篇所悲悼的限制和矛盾，乃是时间世界即圣子、个性、自由、苦难和牺牲的世界中的必要生活条件，而里尔克对于"空旷"的渴望，则是一种返祖现象。

如此深邃的空旷。① 免于死亡。

只有我们看得见死；自由的动物

身后总是毁灭而

身前则是天主，当它行走时它走

进了永恒，有如奔流的泉水。

我们前面从没有，一天也没有，

纯粹的空间，其中有花朵

无尽地开放着。永远有世界却

从没有不带"不"字的无何有之乡：

人们所呼吸的、尽管无限地*知悉*却并不渴望的

---

① "空旷"这个概念可能来源于一度属于"格奥尔格小圈子"的阿尔弗雷德·舒勒，他曾经在批判资产阶级生活方式时说过："生活必须是空旷的。"里尔克与舒勒有私交，但他的观点并不是舒勒这个命题的简单重复。在里尔克看来，"空旷生活"的标志是：充实、满足的感觉，瞬间的逗留，瞬间的永恒化，时间的停顿，对绝对存在的感觉……前一首《哀歌》所强烈表示的歌颂，在本篇中又一次为悲悼所打断。作者曾经悲悼过人性中某些基本弱点，如人生倏忽无常，我们不能把它作为条件来接受，我们心烦意乱、半心半意，我们害怕死亡等等；同时，他还暗示过，这些弱点并非不可克服。现在，作者在本篇中坚持认为，还有一个更基本的弱点或限制，即在几乎所有意识中都有一种哲学家所谓的主客体之分，而我们往往把存在或生存意识为一个客体，或某种有别于我们本身的事物，这就妨碍我们使自己和它同一起来，获得一个纯存在或纯生存的条件。被感知为非我事物的存在或生存，里尔克称之为"世界"，并以之与他所谓的"空旷"、"不带'不'字的无何有之乡"相对照。在这"空旷"的世界，没有时间，没有过去和未来，没有目的，没有限制，没有隔离，也没有死亡作为生命的对立面。儿童有可能进入这种无时间的存在状态，但总是又被推了回来；爱者们接近了它，但又为爱侣的介入所分心；甚至动物也因记起子宫中更亲密的生活更忧伤，它们似乎正在凝视并移向那个空旷，我们却总是凝视着并从那儿移开了。在那些瞬间，主客体之分已被超越，自我的屏障全部被破坏，可这样的瞬间很少、很稀罕，而且如白驹过隙：它们向我们显示了我们真正的家，可我们却像即将离去的旅客一样，永远在告别中。

那纯净的、未经监视的气氛。一个人在童年

曾经悄然迷失于这种气氛并被

震醒过来。或者另一个人死了，也是这个样子。

因为人接近死亡便再也见不着死亡

却向外凝视着，也许用巨大的兽眼。

爱者们，如果不是有另一个

挡住视线，就会接近它并且惊讶……

仿佛由于他们的疏忽它才显现

在另一个的身后……但没有人

能超越他，于是世界又向他回来。

永远面对创造，我们在它上面

只看见为我们弄暗了的

广阔天地的反映。或者一头哑默的动物

仰望着，安静地把我们一再看穿。

这就叫作命运：面对面，

舍此无它，永远面对面。

从另一方向朝我们走来的

那真实动物身上如有

我们这样的意识，它便会拖着我们

跟随它东奔西走。但它的存在对于它

是无尽的，未被理解的，无视

于它的景况，纯洁无瑕有如它的眺望。①

我们在哪儿看见未来，它就在那儿看见一切

并在一切中看见自身，并且永远康复。

但是在因戒备而发热的动物身上

是巨大忧郁的重量与惊惶。②

因为经常制服我们的一切也

永远附着在它身上——那是一种回忆，

仿佛追求的东西一下子变得

更近了更真切了，无限温柔地

贴近我们。这里一切是距离，

那里曾经是呼吸。同第一故乡相比

第二故乡对他显得不伦不类而又朝不保夕。

哦永远留在将它足月分娩的子宫里的

---

① 据专家研究，里尔克的这些说法并不仅仅是一个远离尘嚣的诗人的沉思默想，而是具有充分的现实性，是非常清醒地观察自然的结果。如果我们毫无成见地盯视着任何动物（如一只狗，或马，或鸟）的眼睛，我们将会发现，它们的目光简直不碰我们的目光；每个动物即使在望我们的时候，它们的目光也并不停留在我们身上，而是望过了我们，望穿了我们，望进了不可测的距离，望进了空旷，望进了纯空间；这种目光或眺望正是整个动物生存的表现，这种生存正如诗人所说，"是无尽的，未被理解的"。

② 据研究，这些说法也可以为现实所确证。如果我们细致观察任何动物，如一匹鹿或马，或者凝视丛林猛兽的图片，我们很快会知道，没有什么比一个动物、任何动物的面部更其忧郁的了。这种显而易见的先验的忧郁正是里尔克在这几行诗中所意味的。

渺小的生物是多么幸福啊；①

哦即使在婚礼上仍然在体内跳跃不停

的蚊蚋是多么欣悦啊：因为子宫就是一切。

请看鸟雀的半信半疑吧，

它几乎从它的出身知道了二者，

仿佛它是一个伊特卢利阿人的灵魂，

从一个以长眠姿势为椁盖

封入一个空间的死者身上飘逸出来。②

一个从子宫诞生却又必须飞翔的

生物是何等狼狈啊。它仿佛恐惧

本身，痉挛穿空而过，宛如一道裂缝

穿过茶杯。蝙蝠的行踪就这样

划破了黄昏的瓷器。

而我们：凝望者，永远，到处，

转向一切，却从不望开去！

---

① 作者在1918年致女友露·安德烈亚斯-莎乐美的信中区别了在母胎中成长起来的生物和其他仿佛把外界作为母胎从中长大的生物。"……大量从外露的种子产生的生物，都有这种宽阔的、激动人心的空旷作为母胎——它们一定终生在这里面感到逍遥自在！它们什么也不做，只是像一个小施洗者约翰，在母亲的子宫里欢喜得跳跃起来；因为这同一空间既孕育了它们，也抚养了它们，它们决不会感到不安全。"

② 伊特卢利阿人，现多译伊特鲁里亚人，为古代意大利西北部伊特鲁亚地区的古老民族，其文明于公元前6世纪达到鼎盛期，公元前3世纪为罗马人所灭，其美术成就多见于雕像、陶器、墓饰等古迹。伊特鲁里亚人在石椁四壁把灵魂绘成一只鸟，既可说它从肉体逃走，又可说它被排除于体外，恰如鸟雏之于鸟卵。正是这种被排除的感觉使灵魂像鸟雀一样"半信半疑"。

它充盈着我们。我们整顿它。它崩溃了。
我们重新整顿它，自己也崩溃了。

谁曾这样旋转过我们，以致我们
不论做什么，都保留
一个离去者的风度？正如他在
再一次让他看见他的整个山谷的
最后山丘上转过身来，停顿着，流连着——，
我们就这样生活着并不断告别。

（1922 年 2 月 7—8 日，穆佐）

第九首

如果可以像月桂①一样匆匆度过

这一生，为什么要比周围一切绿色

更深暗一些，每片叶子的边缘

还有小小波浪（有如一阵风的微笑）——：为什么

一定要有人性——而且既然躲避命运，

又渴求命运？……

        哦，不是因为*存在着幸福*，

那眼前损失的仓卒利益。

不是出于好奇，或者为了心灵的阅历

那是在月桂身上也可能有的……

---

① 前一首《哀歌》曾经悲悼人性的矛盾和人的命运的暗淡。本篇继续抒发这种悲悼，开头部分可能写于杜伊诺堡。可以想象，诗人凝视该堡花园里的月桂，想起希腊神话里达佛涅为阿波罗所袭乃化身月桂而遁的故事，不禁油然感叹生存如树可能比人的命运更值得庆幸。他在这里问道，既然让我自己选择，为什么我仍然非和人的命运联系在一起不可呢？（虽然本文直到第十没有出现代名词，后来的"我们"实际上是指"我"。）这个问题已在第一首《哀歌》中得到回答："这一切就是使命。"原来我们虽然是有限的，短暂的，却永远意识到反面，意识到非我的某物：从一方面看，是值得悲悼的限制；从另一方面看，是值得欢欣的条件。只有经过对一系列像我们一样的短暂生命的有限意识，可见世界才能被重造为一个不可见世界，"外在"才能被"提升到绝对境界"。所以人生无常将不再作为限制为人所哀，反之作为条件而被欣然接受：否定将为肯定所克服，肯定则为其所克服的一切所增强。于是，第一首《哀歌》中提出的一个问题："哎，还有谁我们能加以利用？"在这里得到了答案：没有人；但有种种力量，如果我们屈从于它们，我们就能为它们所用。总的说来，《哀歌》的主题是悲悼，而《致俄耳甫斯十四行》的主题是颂扬；唯独第九首《哀歌》最接近《十四行》的主题。"月桂"在这里不过是一个颂扬的象喻，对之寻求更神秘的象征意义，似无此必要。

而是因为身在此时此地就很了不起，因为
此时此地，这倏忽即逝的一切，奇怪地
与我们相关的一切，似乎需要我们。我们，这最易消逝的。
　　每件事物
只有一次，仅仅一次。一次而已，再没有了。我们也
只有一次。永不再有。但像这样
曾经有过一次，即使只有一次：
曾经来过尘世，似乎是无可挽回的。

于是我们熙来攘往，试图实行它。
试图将它包容在我们简朴的双手中，
在日益充盈的目光中，在无言的心中。
试图成为它。把它交给谁呢？宁愿
永远保持一切……哎，到另一个关系中去，——
悲哉，又能带去什么呢？不是此时此地慢慢
学会的观照，不是此时此地发生的一切。什么也不是。
那么，是痛苦。那么，首先是处境艰困，
那么，是爱的长久经验，——那么，是
纯粹不可言说的事物。但是后来，
在星辰下面，又该是什么：它们可是更不可言说的。
可漫游者从山边的斜坡上也并没有
带一把土，人人认为不可言说的土，到山谷里来，而是
一句争取到的话，纯洁的话，黄色的和蓝色的
龙胆。我们也许在此时此地，是为了说：房屋，

桥，井，门，罐，果树，窗户，——
充其量：圆柱，塔楼……但要知道，是为了说，
哦为了这样说，犹如事物本身从没有
热切希望存在一样。这片缄默大地之
秘密的诡计，如果它促使相爱者成双成对，
不正是让每一个和每一个在他们的感情中狂喜吗？
门坎：对于两个
相爱者又算得什么，他们会把自己更古老的
门坎一点点踏破，在许多前人之后
在许多来人之前……轻而易举。

此地是可言说者的时间，此地是它的故乡。
说吧承认吧。可以经历的
事物日益消逝，而对它们取而
代之的，则是一桩没有形象的行为。
是表皮下面的行为，一旦举动从内部生长出来
并呈现不同的轮廓，表皮便随时欣然粉碎。
在铁锤之间存在着
我们的心，正如舌头
在牙齿之间，虽然如此，
它仍然继续颂扬。

向天使颂扬世界，不是那不可言说者，你不可能
向他夸耀所感觉到的荣华；在宇宙中，

你更其敏感地感到，你是一个生手。那么让他看看
简单事物，它由一代一代所形成，
作为我们一部分而活在手边和目光中。
向他说说这些事物。他将惊诧不已地站着；恰如你
站在罗马制绳工人或者尼罗河畔制陶工人身旁。①
让他看看一件事物可能多么幸福，多么无辜而又属于我们，
甚至悲叹的忧伤又如何仅只决定形式，
作为一件事物而服务，或者死去成为一件事物，——到极乐
彼岸去躲避提琴。而这些，靠死亡
为生的事物懂得，你在赞美它们；它们空幻无常，
却把最空幻的我们信赖为救星。
希望我们在看不见的心里把它们完全变
成——哦无穷无尽地——我们自己！不管我们到底是谁。

大地，不就是你所希求的吗：**看不见地**
在我们体内升起？——这不就是你的梦，
一旦变得看不见？大地！看不见！
如果不是变形，你紧迫的命令又是什么呢？
大地，亲爱的，我要你。哦请相信，为了让你赢得我，
已不再需要你的春天，一个春天，
哎哎，仅仅一个就使血液受不了。
我无话可说地听命于你，从远古以来。

---

① 提及这些前工业社会的职业，证明里尔克一贯的文化悲观主义。

你永远是对的，而你神圣的狂想

就是知心的死亡。

看哪，我活着。靠什么？童年和未来都没有

越变越少……额外的生存①

在我的心头漫溢开来。

（1912 年 3 月，杜伊诺；

1922 年 2 月 9 日，穆佐）

第十首

愿有朝一日②我在严酷审察的终结处

欢呼着颂扬着首肯的天使们。

愿敲得脆响的心之槌没有一支

不是落在柔和的、怀疑的或者

急速的琴弦上。愿我的潸然泪下的颜面

使我容光焕发；愿不引人注目的哭泣

辉耀起来。哦我亲爱的夜夜，那时你们怎么变得

---

① "额外的"（überzählig）在此处不能按常义（"过剩的""多余的"）解释，而有"非数所能及""永久的""无限的"等义。

② 前一首《哀歌》已将人生的倏忽无常作为人对于"整体"的特殊功能和行动的条件加以接受并加以颂扬。在本篇即最后一首《哀歌》中，作者试图进行最艰难的肯定，即对普遍的忧伤和苦难的肯定；头几行作为全篇的提纲，颂扬了苦难的最后胜利，或者毋宁说颂扬了对于苦难性质的洞察力的最后胜利。第一首《哀歌》曾经暗示过，对夭亡者的命运的思考，有助于我们直觉到生与死的统一，直觉到忧与乐的互补性——这个题旨在本篇中得到进一步的发挥。

忧心忡忡。愿我没有更卑屈地跪着，无可慰藉的姊妹，

来接纳你们，没有更松散地屈从于

你们松散的头发。我们，挥霍悲痛的人。

我们怎样努力看透那凄惨的时限，试图预见

悲痛是否会结束。可它们竟是

我们用以过冬的叶簇①，我们浓暗的常春花，

隐秘岁月的时序之一——，不仅是

时序——，还是地点，居留地，营房，土地，寓所。

然而，悲哉，苦难之城②的街巷是何等陌生，

在那虚假的、由于小声为大声淹没而形成的

寂静中，有镀金的喧哗，爆裂的纪念碑，

从铸模空处的铸型③中虚张声势而出。

哦，一个天使怎样不留痕迹地践踏着他们的抚慰市场④，

市场旁边有现成买到的教堂：干净，

---

① "用以过冬的叶簇"，即对人不可须臾或离的叶簇。

② 作者以"苦难之城"这个象喻搜集并讽刺了那种半心半意的生活最使他厌恶的一切，那是一种只是没有死亡而已、没有任何神秘或不可解事物的半生活，它只是由传统宗教来提供慰藉，它的活动就是追求幸福和赚钱，凭借精神恍惚来排除恐怖和神秘，它把苦难只视为不幸的事件。作者拿这种半生活、这种封闭的局限的"苦难之城"来同宽广的"苦难国土"相对照，那片"国土"意味着死亡，或者包括生与死在内的伟大的统一，在那儿才可理解忧郁的真正意义，在那儿才可不凭借恍惚而永远逃避现实，却凭借痛苦获致的洞察力而永远在现实中前进，在那儿才可最终发现"喜悦之泉"。

③ 铸模空处的铸型，不是指空洞无物，而是指"苦难之城"的虚假内容。

④ 抚慰市场，指当前流行的传统宗教，它们只为信徒们提供对于死亡的抚慰和粉饰，而不鼓励他们与死亡相和解以至融洽。

封闭，失望，有如星期日的邮局。

但是外面，年市的边缘不断泛着涟漪。

自由的摆荡！热情的潜水人和魔术师！

以及俗艳幸福的人形射击场，那儿

靶子来回摆动发出白铁皮的声响，

如果一个更伶俐者射中了它。被喝彩声弄昏了头，

他蹒跚前行；因为货摊在击鼓怪叫，

招徕每个好奇的人。但是对于成年人，

特别值得一看的是，金钱如何繁殖，按照解剖学方式，

不仅仅是为了娱乐：金钱的生殖器，

一切，整个，全过程——，颇有启发，而且

保证丰饶…………

　　　　　……哦，可是就在外面，

在最后的板壁后面，贴着"不朽者"的广告，

就是那种苦味的啤酒，只要饮者同时咀嚼出

新鲜的乐趣，它就会对他显出甜味来……，

而在板壁的背面，就在它们后面，一切都是*真实的*。

孩子们在游戏，情人们拥抱着，——在旁边，

诚挚地，在稀疏的草地上，还有狗群在撒欢。

青年人被招引得更远；也许他爱上了一个年轻的

悲伤①……他跟着她来到了牧场。她说：

远得很。我们住在外面，那一边……。

---

① 悲伤，一种寓意性的人格化，指苦难景色的导游者。

哪儿？于是青年人
跟随着。他为她的风度所动。肩膀，颈项——，也许
她出身于名门望族。但他离开了她，转过身来，
回首，点头……又有什么意思？她是一个悲伤。

只有年轻的死者，在永恒宁静的、
断绝尘缘①的最初状态中，
爱慕地追随着她。她等待
少女们，并和她们交朋友。轻轻向她们展示
她穿戴些什么。痛苦的珍珠和忍耐的
细面纱。——她跟青年人一起走了
沉默地。

可是在她们所居住的那边，在山谷里，一个较老的悲伤
眷顾着青年人，当他发问时：——她便说，我们曾是
一个大家族，我们是悲伤。父辈们
在大山那边经营着采矿；在人们中间
你有时会发现一块精致的原始哀愁
或者，从古老的火山发现含矿渣的石化的愤怒。
是的，它是从那里来的。我们一度很富有。

于是她轻盈地将他引过悲伤的宽广景色，

---

① 断绝尘缘，参阅第一首《哀歌》中"说也奇怪，不再希望自己的希望"
等句。

向他指示庙堂的圆柱或者那些城堡的

废墟，当年悲伤王侯曾从那里贤明地

统治过国土。向他指示高大的

泪之树和盛开忧愁之花的田野，

（活人把它们只认作温柔的簇叶）；

向他指示正在吃草的悲哀的动物，[1] ——有时候

一只鸟惊恐地飞走了，笔直飞过它们仰望的视野，

远处是它的孤独叫喊的文字形象。[2] ——

晚间她将他引向悲伤家族长辈们的

坟墓，引向神巫们和先知们。

可夜临近了，她们更轻柔地徘徊着，不久

月亮上升了，那警戒着一切的

墓碑浮现出来。对尼罗河畔那一个，

那个巍峨的斯芬克斯——：缄默斗室的

面容亲如兄弟。

于是他们惊愕于加冕的头颅，它永远

沉默地将人脸置于

星斗的天平之上。

------

[1] 本行以下的形象描写主要来自作者1910至1911年冬季埃及之行的回忆和他对埃及学的研究。

[2] 里尔克1919年发表过一篇文章，题名为《原始声音》，表达了这样一个观点，即诗人应当尽可能利用五官来理解每一种事物，而不能仅只满足于视觉；换言之，一个永恒不变的"内容"是可以通过各种不同的"形式"来理解，例如人们可以听到一种"刺耳"的红色，一种"尖叫"的绿色，或者一种管弦乐式的"颜色"，尝到一个曲调是"甜蜜"的或"腻人"的，等等。因此，这里"孤独叫喊"可以有"文字形象"。

他的目光，由于早夭而眩晕，

竟看不见它。但她的凝视

从双冠①边缘后面出现，吓走了枭鸟。而枭鸟

以缓慢的下滑姿势沿着脸颊掠过，

那具有最成熟弧形的脸颊，

在翻开的复页上，以新的

死者听觉微弱地描绘着

不可言述的轮廓。

而更高处是星群。新的星群。苦难国土的星群。②

她缓慢地称呼它们："这里，

看哪，看骑士，手杖，而更完满的星象③

他们称之为：果实冠冕。然后，更远处，靠近极地：

是摇篮，道路，燃烧的书，玩偶，窗户。

---

① 双冠，指埃及狮身人面兽和所有统一上下埃及的统治者所戴的复式皇冠，他们自称南北双王。作者为了暗示死者的扩大的意识，使青年人能够看见枭鸟的叫声，并利用"沿着脸颊掠过"的枭鸟的无声飞翔，听见斯芬克斯的脸颊轮廓。参阅前注。

② "星群"是"新的"，是说它们只存在于诗篇中的寓意性的景色。"苦难国土"，参阅前注。

③ 参阅《致俄耳甫斯十四行》第一部第11首，其中以一匹马象征人生，以"骑兵"象征利用和驾驭这匹马的看不见的力量。据专家们研究，"手杖"和"果实冠冕"象征生活的艰辛与沉重；"摇篮"象征生与死；"道路"经常被寻找，却很少找到，或根本找不到，系指人生的道路；"燃烧的书"象征启示；"玩偶"意味着准备儿童去过真正的生活（参阅第四首《哀歌》中"世界和玩具之间的空隙"及注）；"窗户"象征渴望与期待，失望与离别（参阅第二首《哀歌》中"窗前的眷恋"）。

但在南方的天空，纯净得如在一只被祝福的
手掌中，是光辉灿烂的 M.①
它意味着母亲们……"

但死者必须前行，更古老的悲伤沉默地
将他一直带到浴照在
月光中的峡谷：
那喜悦之泉。她充满敬畏地
称呼它，说道："在人们中间
它是一条运载的河流。"

站在山脚下。
于是她拥抱着他，哭泣起来。

他孤单地爬上去，爬到原始苦难之山。
而他的步伐一次也没有从无声的命运发出回响。

但是，如果她在我们、无尽的死者身上唤醒一个比喻，
那么请看，她或许是指空榛树上
下垂的柔荑花，或许意味着
早春时节落在幽暗土壤上的雨水。——

---

① M.，即德语的 Mutter（母亲）。

而我们，思考着

上升的幸运①，会感受到

当一个幸运降临时

几乎使我们手足无措的情绪。

（1912 年初，杜伊诺；

1913 年晚秋至年末，巴黎；

1922 年 2 月 11 日，穆佐）

---

①　"上升的幸运"，系由前二段"他孤单地爬上去"一句而来。这是指死者
的幸运，它是被动的，在于对普遍规律的全盘服从，在于让自己坠入存在的深渊，
坠入我们生者永远转身而避的"空旷"，参阅第四首和第八首有关注释。

名 家 诗 歌 典 藏

致俄耳甫斯十四行①

第一部
（共 26 首）

1

那儿立着一棵树。哦纯粹的超脱！

哦俄耳甫斯在歌唱！② 哦耳朵里的大树！

于是一切沉默下来。但即使沉默

其中仍有新的发端、暗示和变化现出。

寂静的动物，来自兽窟和鸟巢，

被引出了明亮的无拘束的丛林；

---

① 被世界大战困扰迫逐多时之后，里尔克于1921年夏天躲进了瑞士瓦莱州一座初建于13世纪的穆佐古堡。同年冬天，在这与世隔绝的环境里，他读到维拉·乌卡玛·克诺普的噩耗，由此被激发了沉睡的创作力，在短短三周内写出了两部相连的组诗，即《致俄耳甫斯十四行》第一部和第二部，附题"作为维拉·乌卡玛·克诺普的墓碑而写"等字样。此篇也是里尔克最后一部重要诗歌作品。

② 1922年2月，里尔克漫步瓦莱街头，在橱窗见到威尼斯画家西玛·达·科内利亚诺1918年的一幅俄耳甫斯吹笛的素描，周围有动物在倾听。诗人观而有感，把美妙的笛声比作一株有生命的"大树"。

121

原来它们不是由于机伶

不是由于恐惧使自己如此轻悄，

而是由于倾听。① 咆哮，呼喊，叫唤

在它们心中渺不足道。那里几乎没有

一间茅屋曾把这些领受，

却从最模糊的欲望找到一个逋逃薮，

有一个进口，它的方柱在颤抖，——

那儿你为它们在听觉里造出了伽蓝。②

                                        （1922 年 2 月 2—5 日，穆佐，下同）

2

它几乎是个少女③，从竖琴与歌唱

这和谐的幸福中走出来

---

① 诗人从前曾从大师罗丹学习过"观看"，此刻他更认识到"倾听"是一条通向伟大的道路，然而也是一种稀罕的天赋。

② 从末句可以领悟到，倾听的能力从根本上说是神所赐予的。因为在俄耳甫斯来临之前，禽兽的听觉只是一个"逋逃薮"，可以躲避真实的或想象的危险；这时即使有了歌声或笛声，但单凭倾听的愿望，还听不见；只有等他来临，为它们的听觉"造出了一个伽蓝"，它们才听得见他的歌。这就是说，倾听的能力和歌声都是俄耳甫斯的创造。

③ 诗人把音乐比作一个"少女"，由此而与维拉·乌卡玛·克诺普的形象合而为一。她十七岁患不治之症，于是放弃舞蹈，改学音乐，后又因病改学绘画。在诗人笔下，她的形象不是缥缈的，而是实在的。她在死前学会"倾听"，因而得以进入他的生命（"于是她睡在我体内"）。

通过春之面纱闪现了光彩

并在我的耳中为自己造出一张床。

于是睡在我体内。于是一切是她的睡眠。

那永远令我激赏的树林，

那可感觉的远方，被感觉的草坪

以及落在我自身的每一次惊羡。

她身上睡着这世界①。歌唱的神，你何如

使她尽善尽美，以致她不愿

首先醒来？看哪，她起身而又睡熟。

她将在何处亡故？哦你可听得出

这个乐旨，就在你的歌声消歇之前？

她从我体内向何处沉没？……几乎是个少女……

3

神才做得到②。但请告诉我

人怎能通过狭窄的竖琴跟他走？

他的感官是分裂的。在两条心路

---

① 本句与第二段第一行相同，意即她的死亡涵盖了世间美好的一切。诗人
继续以矛盾的意象描述自己的感受：她尽善尽美而又不能醒来，她站起来而又熟
睡着，仿佛欧律狄刻只在阴间才能生存，仿佛真实的存在不可能获得。

② 指倾听和学会倾听。

的交叉处没有建庙为阿波罗①。

正如你教导他，歌唱不是欲望，
不是争取一件终于会得到的东西；
歌唱就是存在②。对于神倒很容易。
但吾人何时*存在*？而他何时又将

地球和星辰转向吾人的生息？
青年人，它可不是你的爱情，即令
歌声从你的嘴里喷发出来，——学习

忘记你高唱过，它已流逝一空。
在真实中歌唱，是另一种气音。
一种有若无的气音。神身上一缕吹拂。一阵风。

---

① 古希腊人常在岔路口建有小型阿波罗庙，供迷途者占卜去向。但如心迷途了，是没有这种庙的。

② 真正的歌唱不为任何目的，如行善、获救、当诗人、追求异性等。即使青年人为爱情而歌，亦将"流逝一空"。真正的歌唱就是存在本身（见末段）。这个观点基于里尔克的美学核心，即艺术与生活（＝爱情）不能两全。音乐家俄耳甫斯的艺术取决于他对逝去情人的爱，而诗人里尔克则认为，对义务保持距离，才是艺术家之为艺术家的前提。

4

哦你们①温柔的，请不时走进
并非为你们所持的呼吸，
让它因你的两颊所分离，
在你身后战栗着，重新合而为一。

哦你们幸福的，哦你们神圣的，
你们似乎是心之滥觞。
矢之弓与矢之的，
你的微笑哭泣着永远闪光。

别怕受苦，虽然沉重，
且把它交还大地去负载；
须知山也重，海也重。

即使是你们儿时所栽，那些树木
也久已太重；你们背不起它们来。

----

① 你们，可解作一般情侣。他们在精神上与下冥界寻找欧律狄刻的俄耳甫斯未必相通，故诗人呼唤他们"走进并非为你们所持的呼吸"，要作"心之滥觞"，既当"矢之弓"又当"矢之的"，要准备"受苦"，"别怕受苦"。里尔克的友人鲁道夫·卡斯奈尔告诉他，"从热忱到伟大的道路要经过牺牲"，这句话使他久久不能释怀。

但是微风……但是太空……①

5

不竖任何纪念碑。且让玫瑰
每年为他开一回。
因为这就是俄耳甫斯。他变形而为
这个和那个。我们不应为

别的名称而操心。他一度而永远
就是俄耳甫斯，如果他歌唱。他来了又走。
如果他时或比玫瑰花瓣
多活一两天，又岂非太久?②

哦他必须怎样消逝才使你领略!
即使他本人也担忧他活不长久。
由于他的语句已把当今超越，

你还没有前往的地方他已身临。

---

① 但是背得起微风，背得起太空。这部组诗虽然采用传统的十四行，但在
韵律、长短等方面进行过若干大胆而成功的尝试，这一首即是一例。此外，作者
在创作过程中往往不仅宣布一个感觉，且着重围绕这个感觉进行思维，以求达到
事物的深处。

② 人人都可以成为俄耳甫斯，只要他懂得真正的歌唱。但真正的歌唱就是
存在本身，这一点必须像俄耳甫斯一样死去才能懂得。真正的存在不在于时间，
不一定比玫瑰花瓣活得更久。本篇是将俄耳甫斯作为有限事物和过去事物的歌者
加以称颂，他并不把终极的现实强加于人，而只随着短暂现象匆匆而逝。

竖琴的弦格并未绊住他的手。
他一面逾越一面顺应。

6

他是今世人吗？不，从两界
长成了他宽广的天性。
善于折弯柳条唯有识者，
他熟谙杨柳的根①。

你上床的时候，别在桌上留下
面包和牛奶；那将召引亡人——。
但是他，调遣鬼魂的巫术家，
在眼帘的温柔垂顾之下却可能

将他们的幽灵挽入一切被观看的实物；
而延胡索与芸香的咒语②
对它是如此真实而又明显相关。

没有什么能损坏生效的形象；
不论来自坟墓还是来自住房，

---

① 他，仍指俄耳甫斯。他下降冥界，到达了灵魂的阴暗面，才具有真正歌
唱的基础。除非通过中介或想象进入亡人的世界，经验到这个阴暗面，否则诗人
的歌唱将是无意义的。柳条和柳根是幽明两界的象征。这些意象和象征都是按照
俄耳甫斯的故事，并结合对维拉·乌卡玛·克诺普的怀念而生发的。
② 延胡索和芸香据说有召引亡人的魔力。

让它去夸耀戒指，别针和水罐①。

7

赞美吧，这就是一切！他是个注定
从事赞美的人，有如矿苗出自岩石
之沉默。他的心，哦一种为人无尽
流送葡萄酒的暂短的压榨器②。

灰尘里的声音对他从未失效，
当他感动于神圣的榜样。
一切变成葡萄园，一切变成葡萄，
成熟于他多情的南方。

帝王陵寝里的霉腐
不会谴责他的赞美讹误，
也不会说诸神投下了阴影。

他是一名仆役留了下来，
便把亡人的门扉大开

---

① 不必去召引亡人，他们就在你的眼帘的温柔垂顾之下。那些下降冥界的人将歌颂使生者和死者得以团聚的物事，如戒指、别针和水罐等。如果那些物事未被掺入死者的幻象，它们及其歌颂也都是无意义的。本篇是将俄耳甫斯作为生与死的歌者，即生存之统一的歌者加以称颂。

② 在景慕与怀念的感情支配下，诗人认为赞美是他唯一伟大的艺术使命。"矿苗"暗示由此铸出的钟，并以"发声的矿苗"而与沉默相对照。

托盘装着水果向他们致敬①。

8

哀悼，那哭泣之泉的仙女，
只可在赞美的空间②移行，
她将我们的沉淀守护，
好让泉水在同一块山岩显得清明，

上面还是栅门和祭坛。——
看哪，围绕她宁静的双肩出现
一个感觉，她是最幼小的一员
在心情三姊妹中间。

欢悦懂事，渴望在忏悔，——
唯有哀悼还在学习；她以少女的纤手
成夜数着那古老的邪魔③。

但突然间，她还倾斜而笨拙地

---

① 据说这两节描写考古学家掘墓的情况：帝王后妃及其仆役、马匹都躺在尘土里，附近还发现一些盛水果的银器皿。诗人认为这是最值得赞美的奇异景象。

② 由于"赞美就是一切"，诗人认为"哀悼"是不能入诗的，除非诗中预先存在着"赞美"。虽然如此，诗人在赞美之余仍不能不为死者哀悼，因为哀悼实际上也是一种赞美形式。

③ 据诗人想象，欢悦、渴望和哀悼是三个姊妹型的情绪，即均由赞美产生。不过，我们已从欢悦学得够多，渴望则在忏悔它的错误，"唯有哀悼还在学习"——学习观看，学习倾听，学习歌唱，学习赞美。

举起我们声音的一个星座
在那未被她的呼吸所模糊的天际。

9

只有在九泉之下
也举起了竖琴的那人，
才能摸索着报答
那无尽的美称。

只有和死者一起
吃过他们的罂粟的那人，
才不会重新丧失
那最轻微的声音。

即使池中倒影
常在我们眼前模糊：
也要认识这个映像。

正是在这双重灵境①
声音才显示出
恒久而慈祥。

---

① 正是像俄耳甫斯一样往返于幽明之间。

10

你从未离开过我的情感，
我向你致敬，你古代的石椁，
为罗马时代的欢悦山泉
如一首行吟歌曲似的流过①。

或者另一些洞开的古墓，有如
一个快活睡醒的牧童
的眼睛（里面为宁静与荨麻气息所充注），
陶醉的蝴蝶正从其中翩翩飞出②；

向人们不再怀疑的许许多多，
我致敬，那许多再度张开的嘴唇，
它们已经知道，沉默意味着什么。

我们可知道，朋友，还是不？
生死二者构成踌躇的时辰
标志在人类的面部③。

---

① 古代希腊罗马石椁的原文为 Sarkophage，意即"肉体的吞噬者"，引起诗人的遐思。到中世纪，意大利农民把石椁两端凿通，连成一片，作灌渠用。诗人由此再次把水和哀悼联系起来。

② 据作者自注，第二节是写法国阿尔勒地方著名阿利斯康古墓的开掘情况，他亲见有蝴蝶从中飞出，并在《布里格笔记》提及此事。

③ 即使借助于倾听，得以往返于阴阳两界，我们仍可能不知沉默为何物。

11

且看天。难道没有星座叫"骑兵"①？
既然这一座稀罕地使我们铭记：
这凭借大地的骄傲。而第二座星，
则推动它把持它并由它托起。

生存的这种刚健性质
不就是这样，被追逐而又被制抑？
道路和弯转。触一下确让人得知。
新的距离。而两者是一。

但它们是一吗？或者两者并
不想同走一条道路？
它们已不可名状地隔着桌子和草坪。

连星宿的结合都把人欺。
且让我们片刻间乐于
相信图形②。此亦足矣。

---

① 参阅《杜伊诺哀歌》第十首第九十行以下及注，诗人以一匹马象征人生，而以"骑兵"象征驾驭这匹马的神秘力量。

② 以星宿的距离比喻人与人似近而实远，那么，"且让我们片刻间乐于相信图形"，尽管银河两岸的天鹰座和天琴座在我们肉眼所见图形中远不止咫尺天涯。

12

万福，能把我们结合起来的精灵；
因为我们真正生活在图形中间。
而时光在以碎步移行
傍着我们固有的白天。

不知我们实际的位置，
我们按照现实的关系行动。
触须在将触须感知，
空旷的远方在承重……

纯粹的紧张。哦诸力的乐曲！
每种干扰岂非通过悠闲的措处
而为你所转避？

农人即使忧虑而劳作，
当秧苗变成了夏禾，

他也从不伸手。是土地在送礼①。

13

丰满的苹果，梨和香蕉，
醋栗……这一切用嘴诉说
死与生……我预料……
你会从一个孩子脸上读到过，

当他品赏它们的时候。这些来自远方。
可到你嘴里却徐缓而无以形容？
在另有话语的地方，妙趣发现在流动，
意外地从果肉里获得释放。

大胆说吧，怎样给苹果命名。
这种甜味，它刚刚凝缩而稠密，
以便在轻轻建立的口福里

变得澄澈，清醒而透明。

---

① 愿人类的高尚精神把我们结合起来，我们才好超脱以碎步移行的时光，发现固有的白昼就在身旁。既然如前所说，"我们真正生活在图形中间"，而"不知我们的实际的位置"，我们便会像得天独厚的昆虫，以触须感知触须，悠闲地转避每种干扰，静待大自然为我们送来礼物。正如在第一首中俄耳甫斯的歌声只有在他所创造的"伽蓝"里才听得见，这里大自然（"土地"）所赠予的丰富的生命，也不是播种者（"农人"）自己所创造的。足见，人的努力所能产生的效果，取决于他所不能控制的力量。

模棱两可，阳光充足，浑身土气，道道地地——！
哦经验，感觉，欢乐——硕大无匹！①

14

我们同花朵、葡萄叶、果实交往。
它们说出的不仅是岁月的语言。
从黑暗中升起一种彩色的显现
其中也许还有那肥化土壤

的死者之妒意在炫目。
它们所占成分我们又知多少？
很久以来这就是它们的正道，
将其无代价的精髓印进了沃土。

现在只问：这样做它们可高兴？……
这枚果实，辛苦奴隶的一件作物，
团成球向我们滚来，可是赶往它的主人？

它们可是主人，就长睡在根部，
并从其丰盈中向我们赐予

---

① 一个孩子在吃水果。诗人从他的脸上读到了硕大无匹的经验、感觉和欢乐。批评家会认为这是所谓"移情手法"，其实孩子就是诗人自己。可惜拙劣的译文有如"暗中观镜"。本篇的特点在于将赞美转化为具体的感性事物，参阅第7首。

沉默膂力与亲吻的这个中间物？①

15

等着吧……其味无穷……已四下飘忽。
……只有少许音乐，一次顿足，一次吟哦——：
少女们，你们温情，少女们，你们沉默，
请为被品赏的水果的滋味翩翩起舞！

跳桔舞吧。谁能忘记它们，
忘记它们怎样在自身沉溺
以防变甜。你们享有了它们。
它们鲜美地向你们皈依。

跳桔舞吧。更温情的风景，
请将它从你们身中扔出，好让成熟的那个
粲然于故园的微风之中！发红了，剥去皮

香气一阵又一阵。建立起血缘之亲
同无辜的、不愿被剥掉的果壳，

---

① 还是写水果。但想到长眠在根部的死者，他们肥化了土壤，把自己的精髓无代价地印入了沃土，面对果实的"彩色的显现"，不免产生妒意，但他们毕竟是果实的主人，是他们向我们慨允了丰盈。本篇以具体事例表现生死同一的观点。

同充满幸福的汁液！①

16

你，我的朋友，是孤单的，只因……
我们用语言和指示
使自己逐渐占有这人世，
也许是它最薄弱、最危险的部分。

谁用手指指过一种气味？——
那些威胁过我们的力量
你固然感觉到许多……你认识死亡，
你在咒语面前不胜狼狈。

看吧，此之谓共同承受
七拼八凑，仿佛它是全部。
帮助你，将是很难的。首先：望勿

把我栽在你心里。怕我长得太急。
但愿我牵着我的主的手，

---

① 还是写水果，但想到了围着它们舞蹈的少女们。少女们在舞蹈中和果肉、果壳、汁液等建立起血缘之亲，合而为一。水果的香味对于经验者变成节奏和音调（顿足和吟哦），便浓缩为舞女的幻象；这是不可言说的，只能用无言的热烈的舞蹈动作来表达。

说道：这里。这是以扫披着毛皮。①

17

最下面，乱成一团，
生机由此升现，
是古老的根部，隐藏的泉源，
人们得未曾见。

冲锋盔和猎手号角，
白髯翁的警句，
兄弟阋墙的英豪，
琵琶似的妇女……

枝桠挤着枝桠，
没有一根舒展摆荡……
有一根！哦在上爬……在上爬……

可它们依然会折断。
正上面这一根竟然

---

① 据《旧约·创世记》，以扫是以撒和利百加的长子，为了一碗红汤，把长子的名分卖给了孪生兄弟雅各。以扫出世时"身体发红，浑身有毛，如同皮衣"。据作者本人注释，本篇是写一条狗。"我的主的手"，指俄耳甫斯的手；诗人希望这只手出于无限的同情也来给这条狗赐福，因为它几乎像以扫一样，为了分享一份他得不到的遗产即全人类的苦乐而披上了毛皮。

弯成了竖琴模样。①

18

主啊，你可听见新事物
在轰隆在颤动？
报道者纷然而至，
把它们一味推崇。

没有一次倾听安全
留存在这震荡鼓噪之中，
可那机器部件
而今还要求赞颂。

看哪，看那机器：
它们怎样旋转怎样报复
又怎样把我们损害并玷污。

即使它的力量从我们获得，
就让它心平气和

---

① 在一株生机勃勃的草木面前，诗人从中看见兄弟阋墙的敌意，看见一根向上爬的枝桠，竟然弯成了竖琴模样。全篇象征作者反复写过的一个主题，即衰微贵族的末代后裔负有艺术使命（参阅《最后一个》等篇）；其实，这个主题也往往出现在世纪转折期的其他文学作品中，如托马斯·曼的《布登勃洛克一家》。

发动吧并为我们服役。①

19

尽管世界变化匆匆
有如白云苍狗，
所有圆满事物一同
复归于太古。

在变化与运行之上，
更宽广更放任，
你的初歌在继续唱，
弹奏竖琴的神。

苦难未被认识，
爱情未被学习，
在死亡中从我们远离

的一切亦未露出本相。
唯有大地上的歌诗

---

① 作者正面抒发对于新兴机械工业的厌憎情绪，认为它们"把我们损害并玷污"，只因他所珍视的"倾听"已不能"安全留存在震荡鼓噪之中"。同时，亦应注意如下事实：1. 对于科学技术的悲观主义的保留态度，当时并非里尔克所独有；格奥尔格、霍夫曼斯塔尔、卡夫卡、斯宾格勒等均有类似观点。2. 里尔克迁居穆佐古堡，当时无灯无水，《十四行》和《哀歌》都是在烛光下或煤油灯光下写成的。3. 里尔克晚年已开始赞同存在的完整性和世界的整体性。

被尊崇被颂扬。①

20

可是，主啊，请说，我拿什么向你奉献，
你教生物用耳朵的主？——
拿我的记忆：一个春天，
它的黄昏，在俄国——，一匹马驹……

从村庄向这边孤零零来了那白马，
前面的足械拴上了木桩，
以便孤零零在草原上过夜；
它的鬈鬣又是怎样

以豪放的节拍拍打颈项，
一旦奔驰被粗暴地阻拦。
骏马热血的源泉怎样在喷放！

它感触到远方，那是当然！

---

① 本篇是前一首的续篇，将人性（苦难与爱情）中的守旧性和审美的普遍性同技术进步这一新事物相对立。这首诗由于没有常见的悖论而显得单纯。作者在这里似乎否认了他在第十首《哀歌》中所肯定的苦难能够为人所充分认识的观点；同样，爱情也没有学习，死亡之谜也没有破解。他曾经声称"超越死亡"，而今又回到无限可能性的世界。他似乎在说，爱与苦难均无止境，但值得"尊崇"和"颂扬"的，不是每人能够无限地去爱或受苦，而仍是俄耳甫斯所唱的流传大地的歌声。

它歌唱它倾听——，你的传奇始末
被封闭在它身上。
　　　　　它的形象就是我的供果。①

21

春天又来了。土地
像个懂诗的小孩；
许多，哦许许多多……为了长久学习
的劳累她获得了奖牌。

她的老师是严格的。我们爱好
老人的须髯白如雪。
现在我们要问：绿的怎么叫，
蓝的怎么叫：她了解，她了解！

土地，放了假的土地，你真幸福，
和孩子们一起耍吧。我们要捉住你，
快活的土地。最快活的才会成功。

哦，老师教给她的，多不胜数，
还有印在根部和长长的

————————

① 本篇描写当年第二次访俄时留下的一段记忆：一天黄昏，诗人与同行女
友站在伏尔加河畔，看见一匹活泼的小马驹飞奔而来。人们担心它践踏庄稼，便
把它拦住，给它的腿绑上了一副木脚镣。

棘手的茎部的一切：她在吟诵，在吟诵！①

22

我们是原动力。
但把时间的脚步，
视作小事细故
在永久的持续里。

所有匆匆而去者
均如云烟过眼；
那恋恋不舍者
在将我们奉献。

孩子们，哦别把勇气
抛向试验飞翔，
别抛进了速度。

万物在休息：
暗与光，

---

① 这首迎春小曲我觉得仿佛是我曾经在隆达（西班牙南部）一座小庙里听见孩童们为一次早祷所唱的一支奇怪的舞曲的"注释"。孩子们一直按舞蹈节拍敲着三角铁和手鼓，唱着我听不懂的歌词。——作者注

1922 年 2 月 9 日，作者写了这首迎春小曲，寄给维拉的母亲克诺普夫人，请她用以替换原先写出的第 21 首，即同样反对科技进步的《哦朋友，这不是新的》。

花与书。①

（1922 年 2 月 2-5 日）

23

哦正是那时，当飞行
不再为了自己的缘故
攀向天宇之静穆
而满足于本身，

以便在明亮的侧影中，
作为成功的器械，
扮演风之爱宠，
稳健，袅娜，摇曳，——

正当一个纯正的去向
胜过幼稚的骄傲
傲于不断成长的机械，

---

① 锲而不舍地追求永恒，是诗人试图用各种方式加以表现的主题之一。但这种追求不是在语言中而是在沉默中进行的，时间在此是"小事细故"，因此不需要"速度"，而需要对童年流连忘返的爱，让包括暗与光、花与书在内的万物休息在想象之中。这里还表达了变化与持续的辩证统一。作者在《青年工人的书信》中写道："这当然属于悠久而缓慢的过程，它与我们时代惊人的突飞猛进完全相矛盾。但是，除了最快速的运动，永远还有缓慢的运动，它极其缓慢，我们简直经验不到它的过程。"

那人已接近远方，

将为锦标所倾倒，

而成为他所孤独飞抵的一切。①

（1922 年 2 月 12 或 13 日）

24

难道我们应当摈弃我们古老的友谊，

伟大的从不招揽的诸神，只因我们

严格磨练的硬钢对他们并不熟悉，

或者应当忽然在一张地图上把他们找寻？

这些强有力的朋友，他们劫持

我们的死者，却从不靠拢我们的车轮。

我们已经远远推开我们的盛筵——，我们的浴盆，

而对于我们久已太迟的他们的信使

我们总还赶得上。更其孤零零

全然彼此相依，并不彼此相识，

我们不再走小路作为美丽的迷径，

---

① 自己找到了"纯正的去向"，不再傲于日益成长的机械，坚信在远方自有其锦标，终于会"成为他所孤独飞抵的一切"。本篇同样反映作者对于科技的保留态度（第一次飞机试飞成功于 1903 年）。

而是作为直线。唯有在汽锅中还燃炽

往昔之火，并举起越来越大

的铁锤。但我们像洑水人力气每况愈下。①

（1922 年 2 月 2—5 日，下同）

25

我认识你，像一朵不知名的花，

我想再一次记起你，把你指给他们看，

可你，你已经被人偷掐——

抑制不住的叫喊之美丽的女游伴。

先是舞女，她突然停住犹疑不定

的身体，仿佛她的青春被注入了古铜；

悲叹着，潜听着——。是的，从那些达官贵人

她的音乐落入变化了的心胸。

疾病临近了。已为阴影所侵袭，

血液暗淡地涌流着，却暂时带着嫌疑，

涌向了它天然的新春。

---

① 似乎仍然是为机械工业的来临而悲叹，但自己已像力气消耗渐尽的洑水
人。

一而再，为黑暗与沉沦所掣肘，
它在尘世闪耀着。直到猛烈的敲叩
走进了废然而开的门。①

26

但你，神圣的你，到最后还在响的你，
一旦为成群被鄙弃的狂妇所袭击，②
便以和声盖过了她们的叫嚣，你美妙的，
你熏陶人心的演奏从破坏者中间升起。

她们一个也不能破坏你的头颅和竖琴
不管她们如何愤怒扭打，而且她们猛投
到你心坎的尖利的石头
对你将变得太软，并天生能够倾听。

最后她们为复仇心嗾使，把你打得稀烂，
当时你的音响还逗留在岩石和狮子体内
在树木和鸟群中间，你现在还在那儿咏叹。

---

① 致维拉。——作者注
② 本篇正面歌颂以音乐感动禽兽木石的俄耳甫斯。"狂妇"即酒神狄俄尼索斯的随从，希腊名称为迈那得斯。俄耳甫斯因崇拜日神阿波罗拒绝参加酒神狂欢秘祭而触怒狄俄尼索斯，惨死于迈那得斯们手中：他的头颅和肝脏被她们撕碎后投入海中。又据说，在欧律狄刻长逝后，俄耳甫斯变成了妇女憎恶者，故第二行有"被鄙弃的"这一定语。

哦你消失了的神！你无尽的痕迹！
只因敌意最后猛然把你撕碎，
我们作为自然的喉舌，现在还听得见你。

第二部

（共 29 首）

1

呼吸，你不可见的诗篇！
与自身的生存频频
进行纯洁交往的宇宙空间。
我借以将自身和谐实现的均衡。①

孤独的波浪，我是你
渐次而动的海洋；
你是最节俭的一个在所有可能的海洋里，——
那赢得的宽广。

这些宽广的地方已有多少是
在我体内。阵阵风起

---

① 1921 年 7 月作者给一位少女写信说过："这不是在写信，这是在用鹅毛管呼吸。"

有如我的儿子。

你可认识我，空气，你，仍充满一度属于我的住址？

你曾是光滑的树皮，

我的话语的弧线和叶子。①

（1922 年 2 月 23 日前后）

2

有时像匆匆临近的纸张

留下了大师真实的笔锋：

镜子也时常映入了女郎

圣洁无比的笑容，

当时她们独自试探晨曦，——

或仍带有陪侍灯火的光泽。

而在真实脸庞的呼吸里，

后来，只落进了一道反射。

眼睛一度从冷却壁炉

的黢黑灰烬之所见：

乃是生之一瞥，旋即永久消泯。

————————

　① 这里询问吸入体内的空气能否在呼出的空气中重新被辨认，亦即询问语言经过诗人改造后能否重新被辨认。空气、话语、树都是诗人称之为"呼吸"的内心活动。

啊，大地，这耗损谁又知否？
只有那人，他仍以赞美的音弦
歌颂那生而完整的心。①

(1922 年 2 月 15—17 日，下同)

3

镜子：还从没有谁描写
过你们，知道你们的本色。
你们，是怎样为筛子的孔穴
所充满的时间之间隔。②

你们，还是空厅的挥霍者——
天暗下来便像树林一般宽广……
又如鹿之十六叉角，枝形灯光放射
穿过你们人迹罕至的荒凉。

---

① "眼睛一度从冷却壁炉的黢黑灰烬之所见，乃是生之一瞥，旋即永久消泯。"这既是对人生的倏忽性的感叹，也是对它的赞美。为了抵制基督教的来世乐土说，诗人在《青年工人的书信》中曾呼吁："给我们为我们赞美今世的导师吧。"参阅第一部第 7 首。

② 镜子仿佛把万物流逝过程撕破了一个洞，让物体像经筛孔一样掉进去。据研究家分析，筛子系由筛孔构成，换言之，其本质在于物质的空洞性和对于流体的渗透性，而让粗糙成分留下来；镜子同样也是一些孔穴或裂口，我们可以从日常真实的空间望进另一个空间去。

时或你们充满着画面。

有一些似乎走进了你们身子——，

另一些由你们送走，还踌躇不前。

但最美者将留下来——，直到那

明亮的无拘无束的那喀索斯

渗进了她的矜持的脸颊。①

4

哦，这可是不曾有过的动物。

他们并不认识它，但不论任何情况

都爱着它——它的漫步，它的姿态，它的颈项，

直到静静的凝眸之光束。

诚然它不曾有过。但因他们爱它，它便是

一个纯洁的动物。他们把空间不断让出。

在那明亮的被闲置的空间里，

它轻轻抬起了头，几乎无需

存在。他们不用任何谷物把它养活，

---

① 那喀索斯，希腊神话中的美少年，与水中自己的影子相恋而死，化为水
仙。此处指"最美者"，即末行的"她"在镜中看见自己。

永远只用一种机会使它可能存在。①

而这机会竟给予动物如此力量，

以致它从额头长出了一只角。一只角。

它浑身素白向一个少女走来——

出现在银镜中并在她身上。②

5

银莲花的肌肤

在草原清晨次第开放，

直至它怀里被注

入了喧闹天空多声部的光，

在受领不尽的紧张肌肤

之寂静的花星里，

有时如此受制于丰腴，

以致沉没星辰示意休息

---

① 只要向它让出空间，让它自由自在，即使不用谷物喂它，它也能够生存下去。

② 独角兽具有古老的、在中世纪经常被赞颂的童贞的意义：所以公认为，一旦它出现在少女向它拿着的"银镜"中（请看十五世纪的挂锦）并"在她身上"（如在第二个同样纯净、同样神秘的镜中），它对于世俗者就是个非存在。——作者注

"非存在"即不为世俗而生存的神物。作者曾在巴黎克隆尼博物馆见过当时展出的那幅挂锦《独角兽旁的夫人》，并多次以此为素材写诗。

也几乎不能归还给你

那被弹回很远的叶边：

你，是多少世界的决心和气力！①

我们，粗暴的人们，却活得久长。

但在什么时候，在整个生活的哪一面，

我们才终于成为受领者而又开放？

（1922 年 2 月 15 日，下同）

6

玫瑰，② 你正襟危坐，对古人来说，

你是一只圣餐杯，边缘简朴。

对于我们你却是完满的数不尽的花朵，

是永不枯竭的题目。

你雍容华贵似乎一层衣又一层衣

裹着一个仅由光辉构成的身躯；

而你零星的叶片又同时是

---

① 作者曾在致女友露·安德烈亚斯–莎乐美的信中这样写道："我好像是我住罗马花园里见过的小小的银莲花，它白天如此盛开，以致夜间再也合不拢。在黑夜的草原看见它的花萼怒张着，是很可怕的……"

② 古代玫瑰是一种简朴的"Eglantine"（译按：一种野玫瑰），颜色有红有黄，形似火焰。在瓦利斯（译按：即瑞士瓦莱州）只有个别花园里有。——作者注

对任何衣裳的回避和否认。①

你的芬芳几百年向我们呼唤
它的最甜美的名字；
突然它如同荣誉留在空气中间。

虽然如此，我们仍不知如何称它，我们猜度……
而记忆却转向了它，那记忆正是
我们曾向可呼唤的时刻所祈求。

7

花啊，你们毕竟与长于布置的双手相关，
（那昔日和现今的少女们的纤手一双双），
你们时常从棱角到棱角给摆在花园桌面，
萎靡不振还带有轻伤，

等待着将会从开始的垂毙
使你们恢复健康的水，而此番
再次被高举在对涌流的两极
有所感觉的手指中间，那手指行善

---

① "一层衣又一层衣"和"对任何衣裳的回避和否认"，构成诗人的遗嘱中所谓"纯粹的矛盾"。1925 年 10 月 27 日创作《玫瑰，哦纯粹的矛盾……》，这首小诗后被用作诗人的墓志铭。

胜似你们之所料，你们这些娇花，

当你们重新发现自己在水罐之中，

慢慢凉却而少女们的温馨则如由你而发

的忏悔，如沮丧的囚人的罪过

由于被采撷而犯下，——再次使你们同

那些与你们在绽放中交映的人们相依托。①

（1922 年 2 月 15—17 日，下同）

8

你们少数几个旧日童年

在分散的城市花园里的游伴：

我们怎样碰在一起，偷偷寻欢

又像羊羔带着说话的传单，②

作为沉默者交谈着。一旦我们高兴，

将不属于任何人。又是谁的？

又怎样溶化于所有行路的人群

而且长年累月陷在疑惧里。

---

① 被采撷的萎靡的花枝，恢复健康的瓶水，少女的纤纤手指，如忏悔，如罪过的温馨……构成了一幅如怨如慕、如泣如诉的感情素描。

② 画上的羊羔只借助纸飘带说话。——作者注

车辆生疏地从我们身旁滚过，辚辚向前，
房屋围着我们，坚固而不真实，——从没有谁
认识我们。万物之中真实的又是什么？

没有什么。只有球。它们绝妙的弧线。
连孩子们都不会……偏偏有时走来了一位，
啊哈，一个人在落球下面走过。

（纪念埃贡·封·里尔克①）

9

你们法官，不要夸耀刑具已属多余
或者铁链不再往颈上悬挂。
没有心，没有心会激动——，因为一次所企慕
的悲悯之发作会更敏感地将你们丑化。

通过由断头台送回来的光阴
之所获，不啬儿童从往年生辰
获得他们的玩具。他与众不同地走进

---

① 埃贡·封·里尔克（1873—1880），诗人的伯父雅洛斯拉夫·里尔克（封号为"吕利肯骑士"）的小儿子。作者给他的母亲写信谈过这个早夭的堂兄："我常常想起他，一再回忆到他那动人处难以形容的形象。多少童年往事，悲伤绝望的感情都体现为他的轮廓，他戴的绉领，小脖子，下巴，美丽而有点斜视的眼睛。我在《布里格笔记》中把他作为早夭的小埃利克·布拉赫的蓝本，在那伤逝的第八首十四行中再次写到了他。"

纯洁的，高大的，像门一样打开的心，

那真正悲悯的神。他来势汹汹，
容光焕发地四下扩张，一如所有神性。
胜似向泰然自若的大船吹来的一阵风。

不下于隐蔽的、轻巧的觉察，
在内心沉默地赢得了我们
有如从无限交配赢得一个悄悄游戏的娃娃。①

10

机器威胁着努力获得的一切，只要
它胆敢飞扬跋扈而不就范。
除非妙手还将更美丽的犹疑炫耀，
它会为更果决的工程把石头更猛烈地砍。

它在任何地方都不落后，免得我们一度将它摆脱，
它还在寂静的工厂里理所当然地加油。
它就是生活，——它自以为最善于生活，
以同样的决心整顿，创造而又摧枯拉朽。

---

① 这首诗的意旨在于对新时代的所谓"人道化"表示怀疑。作者怀疑对于苛政的庸俗的"悲悯"，认为只有在艺术中才能实现生活的正规化。这种"怀疑"由于单纯强调审美因素，是一种非政治的、非历史的思维。

但我们的生存仍被蛊惑了；它仍起源
于一百个地点。是纯粹力量
的一种游戏，无人接触到而不匍匐惊叹。

在不可言说的事物面前言词仍微嫌枯涩……
而音乐，永远新颖，用最震颤的石方
在不适用的空间建构它神化的屋舍。①

11

继续征服的人啊，自从你从事狩猎这一行，
便产生了许多冷静安排的死亡规矩；
我认识你，胜似认识陷阱和罗网，
你那在中空的喀斯特悬挂下来的帆布。②

人们悄悄把你挂了进来，仿佛你是庆祝和平
的标志。可是接着，旁边的仆役在抖动你，
——于是，从洞穴中，黑夜把一小群眩晕
的白鸽扔进光里……但甚至这样也有道理。

旁观者远没有一丝怜悯，

---

① 笔锋仍然针对新时代的科学技术。“不适用的空间”系赞语，可与第三首的镜中空间相比较。
② 这里是说，在某些喀斯特地区，人们按照古老的狩猎习惯，借用小心挂进洞穴里的布幕，突然间以一种特殊方式加以抖动，从而把白得出奇的岩洞野鸽赶出它们的地下住处，以便趁它们仓皇飞出时将它们捕杀。——作者注

不但是猎人没有，他机警而积极
完成着及时被证实的一切。

杀害是我们的飘忽悲伤的一种变形……
在欢畅的精神里对我们自己
发生的一切才是纯洁。

12

决心变形吧。哦且为火焰而兴奋，
其中一件以变化自夸的事物躲你很远；
那个控制尘世的设计心灵
在形态的回旋中只爱转捩点①。

坚持不变的一切，已经变得麻痹；
在朴陋灰色的保护下可曾幻想自身安全？
等着吧，一个最严酷的从远方警告严酷的。
悲哉——：不在场的铁锤挥向前！

谁像泉水一样涌流，将为认识所分辨；
于是认识引导他，他已为明快创作而欣悦，
创作常以开始来结束又以结束来开始。

---

① 转捩点，指描绘艺术中有利于描绘一个动作的适当瞬间。

他们惊叹着走过的每个幸福空间

乃是分离的儿孙。而变了形的达佛涅①

希望你变成风，自从她能像月桂一样感知。②

13

首先预期离别吧，仿佛它在你

身后，恰如刚过的冬天。

因为在所有冬天里这一次漫长无比，

为了过冬，你的心总得忍着点。

永远像欧律狄刻③一样死去吧——，攀登着歌唱，

攀登着赞美，回到那纯洁的关系。

这里，在消失者中间，在这衰微的国土上，

去做一只叮当作响的盏子，它已喔啷一声粉碎。

去做——同时须知非存在的条件④，

去做你的内心悸动之无穷的深渊，

你将圆满完成这悸动在唯一这一次。

丰足自然的贮存，那不可言说的总和，

---

① 希腊神话中的女神。相传为阿波罗所追逐，遂化为月桂树遁去。参阅《杜伊诺哀歌》第九首及注。

② 本诗四节依次献赠古代自然哲学四元素（火，土，水，风）。

③ 俄耳甫斯的亡妻。传说她被蛇咬伤致死。

④ "非存在"系存在的"条件"。

其中有些用旧了，有些麻木而又缄默，
高高兴兴把你自己也算进去，并抹掉那个数字。①

14

看花吧，这些忠于尘世的花卉，
我们从命运的边缘向它们出借命运，——
但有谁知道！如果它们悔恨自己的枯萎，
就该由我们成为它们的悔恨。

万物希望翱翔。我们却像负重者四下踯躅，
把一切放在自己身上，仿佛对重量有所迷恋；
哦我们是怎样磨人的老师对于各种事物，
因为它们得以保持永恒的童年。

如有人把它们纳入亲切的睡眠并同事物
一起沉睡——：哦他会怎样日新月异
从共同的深渊悄悄走出。

他或许会停留下来；而它们会绽放他赞美
他，那个悔改者，他等于它们之一，

---

① 1922 年 3 月 18 日里尔克将这首诗的副本寄给维拉的母亲克诺普夫人，并写道："兹仅附赠十四行一首，因为从总的方面说，它最亲近我，说到底，也是最适用的……"

等于草原风中所有静默的兄弟姐妹。①

15

哦泉之口，你给予着，你是口，
永不枯竭地说着一件纯净的事物，——
你，对着水的流动脸部，
是大理石的面具。而且是在水渠源头

的背景中。从远处
经过坟墓，从亚平宁的斜面
他们给你带来你的言语，
言语再在你的下巴黝黑的老年，

向着面前的容器里直落。
这是躺下来睡着的耳朵，
大理石耳朵，你一直向它说着话。

一只大地的耳朵。可大地只会
同自己说话。如果插进来一只水杯，

---

① 诗人一贯反对使自然屈从于人类的意志，反对人类的优越感：这首诗的文化悲观主义亦明显可见。

她会觉得，你打扰了她。①

（1922 年 2 月 17 日）

16

一再为我们所开耕，
神是治病救人的地带。
我们明察秋毫，只因希望知情，
他却泰然自若又无所不在。②

即使他将纯洁的供奉
纳入其世界，亦无异
于漠然地与闲空
的终点相对立。③

只有死者才饮

---

① 一系列罗马纪游诗之一。"亚平宁"为意大利主要山脉。在这首素描中，泉嘴不停地说着，说着"纯净的事物"；那嘴像一张脸，大理石的面具，而下面的苔藓暗示出老者的形象（"你的下巴黝黑的老年"）。原来泉水就是言语，言语就是诗，"纯净"意味着纯粹的自足；水从嘴里不停流入"睡着的耳朵"，再从那里环流回来，与大地保持永恒的交谈：这是一个神秘的封闭的循环。参阅第一部第 15 首中"倾听"和"歌声"的相互关系。

② "无所不在"，暗示俄耳甫斯的身体为"狂妇"（酒神狄俄尼索斯的女祭司）撕碎而四散。参阅第一部第 26 首。

③ 本节所写俄耳甫斯的态度，与《布里格笔记》中浪子的神情相符，后者同样想躲避束缚人的爱情。"闲空的终点"即达不到的终点，意即既然接受贡献如奠酒，则表示无意还阳。

自此处为我们听见的泉井，
当神沉默地向他、向死者颔首。

我们只有喧嚣可领受。
而羔羊出于更沉默的本能，
恳求它的小颈铃。①

（1922 年 2 月 17 日—19 日，下同）

17

在哪儿，哪个总被幸福浇灌的花园里，哪棵
树上，从哪个悄然脱叶的花萼
成熟了异样的安慰之果？这种
美味的果实，你或许在你的贫穷

之被践踏的草坪上找到一枚。时而你
诧异于果实的肥硕，
它的完整，果皮的滑润，诧异
于鸟雀的轻浮竟未预先将它们从你剥夺，

连下面虫豸的嫉妒亦未能。可有树木为天使所飞越，
并被隐蔽的迟缓的园丁们培育得如此特别，

---

① 羔羊挂颈铃以免走失。沉默的本能与喧响的颈铃之间的矛盾，通过羔羊
的恭顺而得以和解。

以致它们为我结果却又不属于我们？

难道我们从不能够，我们这些幻影和幽灵，
通过我们仓促成熟又重新凋零的操行
去干扰那个沉着夏日的恬静？①

18

舞女：哦你是消失在行进中的
一切的移位：你怎样将它呈献。
而结尾处的旋转，这株从运动长出的
树，它曾否完全占有努力获得的一年？

它寂静的树梢曾否蓦然花开
使你刚才的摆动向它簇拥？而在她头上
曾否有过太阳，有过夏天，那热量可还
是从你身上产生的不可计算的热量？

但它结果了，结果了，你的销魂之树。它的果品
安详宁静，可不正是这些：这渐趋
成熟而有条纹的水罐，和更其成熟的水瓶？

而在图画中：你线条黝黑的眉黛

---

① 通过正面描写大自然的恬静，悲叹人类同自然相比，惝惝惶惶，打乱了
自己作为自然一部分所应有的生活节奏。

速写在自己旋转的四壁
之上的素描可曾留下来?①

19

黄金住在纵欲的银行里什么处所
并同千百万人结成知己。但那行乞
的盲人哪怕讨一枚铜币
都像个无望的地点，像橱柜下面尘封的角落。

沿着这些商号金钱安如家居，
似乎以丝绸、紫丁香和裘皮打扮自己。
他，沉默者，站在所有醒着或睡去
仍在呼吸的金钱的呼吸间隙。

哦它夜间又怎样捏拢，这只永远张开的手。
明天命运再次将它带来，每天
它将它伸出去：乖巧，卑劣，脆弱不堪。

唯愿有个人，一个旁观者，终于惊诧地参透
并颂扬它悠久的存在。只有高唱者才畅所欲言。

---

① 舞蹈作为作者心爱的主题之一，经常出现在这部十四行集中，如第一部第15、25首，第二部第28首，此外还见于舞女维拉的墓志铭。本诗第四节通过各种不同意象的交错，把舞蹈写成一幅优美的动画。

只有神圣才听得见。①

20

星辰之间，何其遥远；然而，更其遥远，
是人们此时此地学到的一切。
例如，一个人，一个孩子……另一个在他旁边——，
哦远得多么不可理解。

命运，它也许以存在之指距来测量我们，
它使我们觉得生疏；
想想吧，只要多少指距就可从少女量到男人，
如果她既躲避他又将他记住。②

一切都很遥远——，而圆在任何地方都合不拢。
看看菜碗里，在兴冲冲布置的餐桌上，
那古怪地把你盯着的鱼脸。

<u>鱼是哑的</u>……人曾想到。又有谁懂？
但难道就没有一个地方，人不用讲

---

① 赞美贫穷和穷人，视贫穷为"从内心发出的更强的光"（出自《祈祷文》），是诗人毕生的创作传统。在诗人笔下，贫穷与其是个社会问题，不如说是美学问题。
② 诗人一贯试图在人与人、人与物之间克服距离，建立一种爱慕关系，从而充分理解差别，敏于感受差别，故其作品精密深奥，细致入微，为常人所不及。

就讲出了鱼的语言？①

（1922 年 2 月 17—23 日，下同）

21

我的心啊，歌唱你所不知的花园吧；有如玻璃
铸成的花园，多么明媚而不可企及。
伊斯法罕或者设拉子的水和玫瑰，②
幸福地歌唱它们，颂扬它们吧，它们无可比拟。

我的心啊，请显示你从来跟它们割不断。
显示它们想着你，它们成熟了的无花果。
显示你同它们的、吹向繁茂枝桠之间宛若
吹向脸庞的和风相往还。

不要错认为，已经采取的决定：
"活下去！"有什么匮乏。
丝线，你已给织进了织品。

---

① 这里写到人与鱼的差别，呼吁人为鱼设身处地，读之令人心惊。
② 本诗歌颂对象为一幅波斯壁毯。伊斯法罕，伊朗古都，古代"丝绸之路"
南路要站，以水利设施闻名。设拉子，波斯诗人哈菲兹和萨迪的诞生地和墓地，
有驰名遐迩的玫瑰园，并以棉花、羊毛、丝绸工业著称，尤以地毯闻名于世。设
拉子地毯常为多边形或菱形图案，色彩浓郁，毛质柔软。里尔克几乎走遍天下，
却未到这两座名城，只能就壁毯歌唱。参阅第二部第 4 首。

无论你在内心认同于什么图案

（即使它刹那间来自痛苦的生涯），

也要觉出，是指整个赫赫有名的壁毯。

22

哦听凭命运如何：吾人生存之

堂皇的富庶，沛然横溢于公园，——

或者有如高门基石

旁边的石头人，在阳台下面辗转不安！

哦铜钟，每日扬起它们的木杵

迎敲着日常的沉闷。

或者，在凯尔奈克①，是圆柱，圆柱，

那比几乎永恒的庙宇活得更久的一根。

今天富庶冲击着，同样的富庶

却有如过眼仓促，从水平的黄色白昼

冲进了发出过分耀眼光芒的良宵。

唯狂躁化为乌有，痕迹不留一点。

---

① 凯尔奈克，古埃及名都底比斯废墟上一村名，有宏伟的太阳神庙，历经约公元前二千年至公元前三百年古埃及及托勒密王朝。1911年作者曾访问埃及，并参观凯尔奈克神庙，首先惊赏古老的圆柱。参阅《杜伊诺哀歌》第六首第二节及注。

飞翔的曲线横空而过，那些把它们引开的曲线，
也许无一是徒劳。但供人凭吊。①

23

请在不断向你说不的
你的那个时辰向我呼唤②：
它像狗脸凑近你讨乞
却又一再掉转，

当你想最终把它抓住。
于是被剥夺的大半归你所有。
我们无事可做。我们曾在那儿被摈除，
那儿我们原以为会受到问候。

我们渴望一个立足点，
我们有时对于老人太像青年，
而对从未有过的一切又有嫌老气。

我们只有在仍然赞美时才公正无邪，
因为我们，啊哈，是枝桠是铁
是成熟的危险之甜蜜。

---

① 本首仍以现代科技同留存于艺术品（公园、雕塑、城堡、圆柱等）中的往昔成就相对比。
② 致读者。——作者注

24

哦这种喜悦，永远新颖，来自疏松的黏土！
几乎无人曾向最初的冒险者予以支援。
虽然如此仍有城市兴起在被祝福的海湾，
虽然如此水和油仍灌满了瓦壶。

诸神，我们首先在大胆的图稿里规划他们，
可乖张的命运再次破坏了我们的图稿。
但他们是不朽者。看哪，我们可能
听到那一位，他最终也会把我们听到。

我们，一个活过千年的世代：永远充满
未来儿童的母辈和父辈，
它有朝一日会超越我们并震撼我们，只是稍晚。

我们，我们永远孤注一掷，时间我们有的是！
只有沉默的死亡，它才知道我们到底是谁，
知道它始终赢得了什么，当它出借我们时。

（1922 年 2 月 19—23 日，下同）

25

听吧，你已听见第一批

钉耙在劳作；还有人的节奏

在强劲的早春大地

之屏息的寂静中。君知否，

来者似未被尝过。那经常

来过你身边的，你觉得它好比

新事物重新来临。你永远在希望，

却从未得到它。它却得到了你。

连越冬檞树的叶子

到晚间也发出一种未来的褐色。

有时微风成为一个标志。

黑黝黝是灌木林。肥料一层层

堆在沃野显得更其浓黑。

每个逝去的时辰变得更年轻。[1]

26

鸟的呼喊使我们惊心动魄……

任何一旦被创造出来的呼喊。

可连孩子们，在露天里游玩，

也从真实的呼喊旁边呼喊而过。

----

[1]　本篇为第一部第 21 首儿童迎春小曲的副本。——作者注

呼喊偶然。在这个世界的空间
缝隙里，（完好无损的鸟的呼喊进入
其中，如人之进入梦幻——）
它们把它们绝叫的尖劈楔了进去。

悲哉，吾人置身何处？越来越逍遥，
像断了线的风筝
我们追逐在半空，四周镶着哄笑，

被风撕成碎片。——请把呼喊者加以安排，
歌唱的神！好让它们呼呼作响地苏醒
带着头颅和竖琴如潮水般涌来。①

27

果真有时间，那摧毁者？
它何时在沉睡的山上粉碎城堡？
这颗心，永远属于诸神的
心，造物主②何时对它施暴？

---

① 与赞美春天和人们的相应活动的前一首有别，这一首充满秋季的肃杀气息，反映了诗人对于噪音的敏感，对于宁静的渴望。"头颅和竖琴"指俄耳甫斯被"狂妇"撕碎后的残迹，参阅第一部第26首及注。

② 据柏拉图哲学，"造物主"按照永恒的理念以物质创造世界。与基督教的创世说无关。

果真我们如此胆怯而脆弱，

恰如命运希望那样完成

我们？难道童年，那深沉的、充满许诺

的童年，在根本上——到后来——寂静无声？

啊哈，一现昙花之幽灵，

由于轻信而多情

有如一缕轻烟消亡。

凭借我们的本色，连同我们的推动，

我们依然见重于神性传统

之持续的力量。

28

哦来了又去。你①几乎还是孩子，且婆娑

起舞，使舞姿一瞬间完美无瑕

成为那些舞曲之一的纯洁星座，

我们在其中暂时凌驾

于呆板而整齐的自然之上。因为它勃然

---

① 致维拉。——作者注

　　这是诗人专为她而作的另一首悼亡诗。参阅第一部第25首及注。在这里她作为舞蹈者受制于被演奏的某种音乐，但她的步伐却是自由的，不一定符合舞蹈的需要，足见自由与和谐是可以统一的。"哦来了又去"，令人记起"他（指俄耳甫斯）来了又走"（第一部第5首），暗示他正凭附在她身上。

而起，充分倾听，正当俄耳甫斯歌唱时。
你从那时起一直激动不安，
又微微惊愕，如果一株树久久凝思

是否为了倾听陪你一同前去。
你恰好知道那个地方，有竖琴轰然
升起——；那闻所未闻的中心点。

为它你试探着美妙的脚步，
希望有朝一日将朋友的步伐和颜面
转向神圣的庆典。

29

多么遥远的静默的友人①，要知道
你的呼吸怎样还在把空间添增。
在那阴郁钟架的横梁上，且教
你自己发声吧。什么将你一点点耗损，

它对这种生计毕竟是一种补益。
请在变化中走出走进以求娴熟。
然则什么是你最苦恼的经历？
如果你觉酒苦，请变葡萄酒。

---

① 致维拉的一位友人。——作者注

今夜由于奢侈且发扬

魔力在你的感官的十字路口，

且感知它们稀罕的邂逅。

如果尘世把你遗忘，

且对寂静的大地说：我在奔流。

对迅疾的流水说：我在停留。①

---

① 对于固定的大地，自我与流水相联系；对于流水，自我又与大地相联系：
这里暗示了一与一切的同一性。在第一首"十四行"中建立了联系的手段即俄耳
甫斯的歌声和倾听的能力；这最后一首不是哀悼，也不是赞美，但却是以空无、
黑暗与死亡为背景的肯定，是在意识到非存在所加限制的同时，肯定存在的意义。
作者劝告维拉的这位友人屈于控制人的力量，像钟屈从于钟绳；为了同人的这
种处境相妥协，有必要同时接受存在和毁灭，既做饮者又做酒，即只有与一切形
式的存在相同一才行。

浩大的夜①

我常愕然注视你，站在昨日开始的窗前，
站着愕然注视你。新的城市仍然似乎
不许我进去，而未经劝服的风景
昏暗下来，仿佛我不存在。连最近的
事物不肯费力让我明白它们。小街
冲着路灯挤上来：我看见，它很陌生。
那儿有一间房，富于同情心，亮在灯光下——
我已然参与；他们觉察到，便关上了百叶窗。
站着。然后一个孩子哭了。我知道母亲们
在周围屋子里，这是她们能做的，同时还知道
所有哭泣无从安慰的理由。
或者一个声音在唱，远远从期待中
送来了一段曲子，或者一个老人在下面
怨天尤人地咳嗽，仿佛他的身体有理由
反对更温和的世界。接着一个时辰敲响了——，

---

① 此篇及其后选篇都为作者的未编诗及残稿。据研究，里尔克一生创作诗篇共二千五百余首。但他生前结集出版的诗篇，仅占其中三分之一左右。由此可见他对于自己作品的批判态度。此篇是作者写在一个习字簿上送给他的朋友鲁道夫·卡斯奈尔的组诗《致夜词》之一。组诗共22首，这是其中第17首。

但我数得太迟，它从我身边溜走了。
像一个陌生的孩子，终于被允许参加，
却又抢不到球，根本玩不上别人彼此玩得
那么轻松愉快的游戏，便只好
站在一旁，凝望开去，——望向何方？——
我站着，突然觉察到
你在同我打交道，同我一起玩，成熟起来的
夜，我愕然注视着你。当塔楼
发怒，当一个城市连同被回避的命运
围我而立，而无从猜度的大山
对我躺下，挨饿的陌生感以越来
越窄的圈子环绕着我的感情
之偶然的闪耀：于是你，崇高的夜，
便不羞于认识了我。你的呼吸
从我身上吹过；你分布在广阔诚挚上的
微笑进入了我的体内。

（1914 年 1 月，巴黎）

"认识了她们就得死"

(《莎草纸文卷》，摘自普塔霍特普箴言，公元前二千年手稿)①

"认识了她们就得死。"死于

微笑之不可言说的花朵。死于

她们的纤手。死于

妇人。

让少年歌唱这些致命者，

当她们高高地漫游过

他的心灵空间。从他繁茂的胸膛

他向她们歌唱：

高不可攀啊！唉，她们何等陌生。

在他的情感

之顶峰她们现身了并将

变得甜蜜的黑夜倾注于他的手臂

之荒凉的山谷。她们升起时有风呼啸

在他的身体之簇叶中。他的溪流

---

① 普塔霍特普（活动时期为公元前 2400 年），古埃及大臣，著有智慧书《普塔霍特普箴言》。此书以准备担任高官的豪门子弟为对象，提倡恭顺、尽责、忠诚和韬晦，以服从父亲和上司为最高美德。

闪闪流过。

但是，成人
心惊肉跳地沉默着。他，夜间曾经迷失
在他的情感之丛山中无路可走：
沉默着。

像老水手一样沉默，
而被忍受的
恐怖嬉戏在他身上如在震颤的囚笼中。①

（1914 年 7 月，巴黎）

---

① 这首诗引用一则古老格言，从"少年"写到"成人"和"老水手"，表露了作者对于女性的无可奈何的恐惧和疏远。以他对妻子克拉拉的态度为例，有的传记家写道："他欢喜她，但一点也不关心她；他尊重她作为艺术家的权利，却不注意她作为妻子的权利。"他经常在信中责备自己的冷漠，不能像伟大的爱者全部奉献自己，并认为这是他的母亲玩忽他的童年的结果。但是，他的内心永远渴求完整的爱，特别是对于未见面的女性；其中之一就是卓越的钢琴家马格达·封·哈廷伯格；经过几个月的通信，两人决定见面，但见面照例没有保证在通信中所产生的感情。他因此怀疑：问题或者出在他对于女性的理想化的观念，或者出在他作为男性的爱的能力。

悲　叹[①]

心啊，你想向谁悲叹？越来越孤单
你的路挣扎于不可理解的
人群中间。也许更其徒劳，
因为它坚持方向，
坚持通往未来的方向，
那已经迷失的未来。

从前。你也悲叹么？那又是什么？一颗落下的
欢乐的浆果，尚未成熟。
而今我的欢乐之树
折断了，我的缓缓成长的欢乐之树
折断在暴风雨中了。
我的看不见的风景中
最美的部分，是你使我
为看不见的天使所认识。

（1914 年 7 月，巴黎）

---

　　① 　悲叹或哀悼只有作为赞美的形式才是许可的（参阅《致俄耳甫斯十四行》第一部第 8 首），但这一首却流露出彻底的绝望：他从二十世纪初叶到第一次世界大战爆发日益感到，他作为遗产加以继承的欧洲文化传统（"我的欢乐之树"）彻底崩溃了。

死 亡

那儿站着死亡，一种淡蓝色的煎剂
在一只没有托碟的杯子里。
一个奇怪的搁杯子的地方：
搁在一只手的背面。沿着涂釉的弧形
十分清楚地看见把手的裂痕。满是灰尘。而"希望"
以褪色的字体写在杯侧。

偶然发现这饮料的饮者
在一次早餐中念出了这个词儿。

最后一定会被毒药吓跑的，
又是些什么样的人呢？

否则他们会留下来吗？他们会在这儿醉心
于这种困难重重的咀嚼吗？
必须从他们身上把沉重的眼前
掏出来，像掏出一副假牙。
然后他们咕哝着。继续咕哝着，咕哝着……
……

哦流星，

曾经从一座桥上看见过的——：

不会忘记你。停留吧。

（慕尼黑，1915 年 9 月 9 日）

让我大吃一惊吧，音乐①

让我大吃一惊吧，音乐，以有节奏的愤怒！
高尚的谴责，紧冲着心儿发出，
它不那么激荡地感受着，爱惜自身。我的心：在那儿：
瞧着你的富丽堂皇。难道你几乎永远满足
轻微的挥舞？但那最高的拱顶在等待，
等待你以管风琴发出的冲力充满它们。
为什么你渴望陌生情人的克制的面容？——
如果你的眷恋没有气力，从天使进行
末日审判的大喇叭，吹出隆隆的风暴：
那么，哦，她就不存在，各处都不在，也不会诞生，
你形销骨立地惦念着的她……

（1913 年 5 月，巴黎）

---

① 据研究，可能是作者在与罗曼·罗兰进行过一次音乐谈话后所作。

丰饶角①

（为胡戈·封·霍夫曼斯塔尔而作）

取之不尽的容器的神韵与形态，

依傍着女神的肩膀；

永远与我们的理解不相称，

却为我们的渴慕所扩张。

在它的螺纹深处它包容

一切成熟物的轮廓和重量，

而最纯洁的客人的心胸

敢情是这类果实的造形模样。

在花卉上面是轻便馈赠，

仍因其最初的晨曦而凉爽，

一切有如虚构，几乎不可证明，

而又存在着，有如感想……

---

① 本篇系为奥地利诗人胡戈·封·霍夫曼斯塔尔（1874—1929）五十诞辰
而作，作者和他保持着毕生的友谊。据希腊神话，"丰饶角"系神女阿玛耳忒亚
的盛满花果的羊角，幸福和丰饶的象征，也是罗马神话中时运女神福尔图娜的标
志。又说，阿玛耳忒亚是一头母山羊，曾用自己的乳汁哺养过大神宙斯，后被他
接到天上；她的一只角为宙斯所有，其中有倒不完的乳汁。

女神可会倾注她的储蓄
向它所充满的心头，
向这许多房舍，这些茅屋，
向适于漫游的道路？

不，她长生不老，巍然
而立，她的羊角满得盛不了。
只有水在下面流过，宛然
把她的赠与漂给木本和花草。

（1924 年 2 月 11 日，穆佐）

鸟群从他身上穿过的那人

鸟群从他身上穿过的那人，不是
扩张你的形体的熟悉空间。
（在旷野那边你自我排斥
并远远消失而不复返。）

空间从我们伸延并将事物翻改：
使你得以感知一棵树的存在，
将内在空间①投放在它周围，从你内心深处
所扩大的那个空间。以停滞将它圈定。
它无边无际。正由于重新造形
它才在你的断念中真正成为树。

（1924 年 6 月 16 日，穆佐）

---

① 作者提出过"世界内在空间"（Weleinnenraum）这一诗艺口号，据研究，"世界内在空间"既不是世界的内在空间，也不是内在的世界空间，而是世界与内在的相互关联的主观整体，用胡塞尔的话来说，是"客体极与自我极的宇宙"。

群神缓缓而行

群神缓缓而行也许一直同样布施，
    一如我们的天堂开始时；
仿佛在思维中伸手触及我们沉重
    的麦穗，轻轻拂动它们，它们的风。

谁忘却触摸它们，谁就不能完全断念：
    尽管它们仍然参与其间。
沉默，简单而又完整，它们的另一种计量
    突然用在了他的建树上。

（1924 年 3 月末，穆佐）

转　折

　　从诚挚到伟大的途径

　　经过牺牲

　　——鲁道夫·卡斯奈尔①

他久久凝视才获得它。

星星跪倒在

竭力的仰望下。

或者他跪着凝视，

而他内有的香气

却使一个神灵疲倦，

它便向他微笑着睡去。

他那样望着那些塔楼，

它们不禁为之骇然：

重新把它们建立起来，突然使之合而为一！

但是，为白昼所

重载的风景往往

---

　　①　这两行题词引自作者友人、哲学家鲁道夫·卡斯奈尔（1873—1959）的格言集，原文为："谁想从诚挚达到伟大，必须牺牲自己。"

停歇于他沉静的觉察，傍晚时分。
动物安详地走
进了张开的目光，吃着草，
而被囚禁的狮群
望进去有如望进不可理解的自由；
鸟群笔直从它飞穿过去，
那多情者①；花朵们
一再向它回望，
如在孩子眼中一样庞然。

传闻有一个观望者，
这谣传打动了不大
可见却又可疑的人们，
打动了妇人。

观望好久？
好久以来就深深欠缺着，
在目光的底层有所祈求？

当他，一个期待者，坐在异域；旅店里
分散的不常住人的房间
为自己怏怏不乐，而在被回避的镜子里

---

① "多情者"指"张开的目光"。动物、狮群、鸟群、花朵都是多情目光所摄取的对象。

又是那个房间

后来从折磨人的床上

再一次：

它在空中辩论着，

不可思议地辩论着，

关于他的可感觉的心，

他的通过被痛苦掩埋的身体

仍然可感觉的心，

它辩论着又判断着：

说他缺少爱。

(并且禁止它继续奉献。)

因为对于观望，看哪，有一个界限。

而被观望得越多的世界

将在爱中繁盛起来。

视觉的作品已经完成，

现在请做心的作品

关于你心中的那些图像，那些被囚禁者的；因为你

克服了它们；但现在你还不认识它们。

看哪，内向的人，请看你内心的少女①，

---

① "内心的少女"，这个概念借自丹麦象征主义诗人奥布斯特费尔德。

这个从一千个自然中

争取到的，这个

仅仅被争取到、却尚

未被爱过的人儿。①

(1914 年 6 月 20 日，巴黎)

---

① 这首诗的题目也可以理解为"危机"，其转折点在于"视觉的作品已经完成，现在请做心的作品……"诺瓦利斯在 1800 年曾经说过，艺术家的生涯有两个天然的阶段：在头一阶段艺术家向内心走去，专门从事自我冥想；后一阶段则包括对于外在世界的"清醒而自发"的观察。就里尔克而言，《定时祈祷文》可以说是第一阶段，《新诗集》则是第二阶段；现在又将回到第一阶段，去追求"内心的少女"，那"仅仅被争取到、却尚未被爱过的人儿"，从而预示八年以后他瀑布似的内心倾泻（《杜伊诺哀歌》《致俄耳甫斯十四行》）。

在无辜的树木后面

在无辜的树木后面
古老的命运缓缓形成
它默不作声的脸。
皱纹伸到了那儿……
一只鸟在这儿的尖叫
跳到那儿化为痛苦的表情
留在僵硬的占卜者的嘴上。

哦，马上就要恋爱的人们
彼此含笑相视，还没有告别的意思，
他们的命运像星座一样
在他们身上起落着，
为夜所鼓舞。
他们还不能够体验它，
它还是
浮荡在天堂路上的
一个轻飘飘的形体。

（1913 年 8 月，海利根达姆）

致音乐：雕像的呼吸①

音乐：雕像的呼吸。也许：
图画的静默。你语言停止处
的语言。你朝着消逝心灵之
方向而直立的时间。

为谁而动情？哦你是
感情向什么的转化？——：向听得见的风景。
你陌生者：音乐。你从我们身上长出来的
心灵空间。我们的内心深处，它，
超越了我们，向外寻求出路，——
是神圣的告别：
这时内心一切环绕我们站着
作为最老练的远方，作为空气
之彼岸：
纯净，

---

① 见于慕尼黑汉娜·沃尔夫夫人的一次家庭演奏会后的贵宾留言簿上。附注："作为献词写于 1918 年 1 月 11 日和 12 日（慕尼黑）。"

浩大，

不再宜于居留。

（1918 年 1 月，慕尼黑）

波德莱尔①

世界在人人身上分崩离析，
唯有诗人才将它加以统一。
他把美证明得闻所未闻，
但因他本人还要颂扬把他折磨的一切，
他便无止境地净化了祸根：

于是连毁灭者也变成了世界。

（1921 年 4 月 14 日，伊尔舍尔的伯格堡）

---

① 写在波德莱尔的《恶之花》的一个德译本上。这是作者赠给安尼塔·福尔雷的礼物，她是作者旅居瑞士期间的密友南妮·冯德利–福卡特（1878—1962）的一个年轻女友，一位瑞士高级官员的女儿。

手

瞧这小山雀，
误入了这间房：
有二十下心跳之久，
它躺在一只手上。
人的手。一只决意保护的手。
只想保护而不想占有的手。
但是在窗台上
它尽管在恐怖中仍然
自由自在，
对自身
和周围一切感到疏远，
对宇宙更是漠不相干。
唉，手多令人迷惑
即使在救援之中。
在最助人为乐的手中
仍有足够的死亡
而且还拿过钱。

（1921 年底，穆佐。手稿）

夜

夜。你消溶于深处的、
对着我的脸的脸。
你，我的惊诧凝望之最大
优势。

夜，战栗在我的目光中
而本身却如此坚固；
无穷无尽的创造，比
尘世遗骸更加持久；

充满年轻的星辰，它们将火
从其衣缘的疾逝中
扔向间隙空间之
无声的奇遇：

由于你单纯的存在，超越者啊，
我显得何其渺小——：
但，与黑暗地球相一致，
我敢于留在你身中。

（1924 年 10 月 2—3 日，穆佐）

是时候了……

现在是时候了，诸神走出了
被居留的万物……
于是它们推倒我屋内的
每堵墙。新的一页。只有风，
这一叶在翻转中所掀起的风，足以
把空气像土块一样铲动：
一片新的呼吸领域。哦诸神，诸神！
你们是常客，万物身上的沉睡者，
欢快地起身了，我们设想你们
在水井旁洗脖子洗脸
并将你们的安详宁帖轻易地加诸
显得圆满的一切，加诸我们圆满的生命。
愿再一次是你们的早晨，诸神。
我们重复着。只有你们才是源头。
世界随你们升起，而开端闪耀
在我们的失败之一切裂痕上……

（1925 年 10 月，穆佐）

编后说明

本诗集根据《绿原译文集》（2017 年人民文学出版社）第四卷《里尔克诗选》选编，在其基础上有少量修订。绿原翻译的《里尔克诗选》此前共有三个版本。第一个版本 1996 年出版（人民文学出版社），是当时国内较早较全的个人译本。第二个版本系 2006 年的修订插图版（人民文学出版社）。第三个版本即 2017 年的译文集版，有诗篇增补及根据译者手稿的少量校订。